COLEÇÃO
Ensaios Transversais

Poesia & Utopia

Sobre a função social da poesia e do poeta

Todos os direitos desta edição foram cedidos à
Escrituras Editora e Distribuidora de Livros Ltda.
Rua Maestro Callia, 123 Vila Mariana 04012-100
São Paulo, SP – Telefax: (11) 5082-4190
e-mail: escrituras@escrituras.com.br
site: www.escrituras.com.br

Editor
Raimundo Gadelha

Organizador da coleção
Nílson José Machado

Coordenação editorial
Camile Mendrot

Capa
Herbert Junior
(detalhe do quadro *Escola de Atenas*, 1509-10, de Raphael Sanzio)

Editoração Eletrônica
Herbert Junior e Luana Alencar

Impressão
Bartira Gráfica

Dados Internacionais de Catalogação na Publicação (CIP)
(Câmara Brasileira do Livro, SP, Brasil)

Moisés, Carlos Felipe
Poesia e utopia : sobre a função social da
da poesia e do poeta / Carlos Felipe Moisés . --
São Paulo : Escrituras Editora, 2007. --
(Coleção ensaios transversais ; 35)

ISBN 978-85-7531-242-1

1. Poesia – Aspectos sociais 2. Poesia – História e crítica
3. Poetas 4. Utopias I. Título. II. Série.

07-0664 CDD-809.1

Índices para catálogo sistemático:
1. Poesia e poeta : Função Social : História e
crítica : Literatura 809.1

Impresso no Brasil
Printed in Brazil

COLEÇÃO
Ensaios Transversais

Poesia & Utopia

Sobre a função social da poesia e do poeta

Carlos Felipe Moisés

escrituras
São Paulo, 2007

Poetry is the plow that turns up time so that the deep layers of time, the black soil, appear on top. There are epochs, however, when mankind, not content with the present, longing for time's deeper layers, like the plowman, thirsts for the virgin soil of time.

Ossip Mandelstam

Sumário

Nota Preliminar

O presente ensaio gira em torno de uma só interrogação básica, a que indaga pelo papel social da poesia e do poeta, hoje. No entanto, e a despeito das remissões internas, os capítulos que o formam podem ser lidos isoladamente, na ordem de preferência do leitor. O primeiro, sem tirar os olhos da realidade contemporânea, reflete sobre as razões que teriam levado Platão a expulsar o poeta da República; o segundo recua um pouco mais no tempo e, com o mesmo olhar posto simultaneamente no passado e no presente, dirige a Confúcio, aos pré-socráticos e à tradição que daí se origina, uma interrogação mais abrangente, acerca do lugar ocupado pelo homem no Mundo; o terceiro envereda por um atalho sugerido no primeiro, atinente aos modos de circulação e de percepção da poesia; o quarto discorre sobre o predomínio do lirismo, a crise do individualismo e o isolamento do poeta no mundo moderno. A explanação final já não interroga: limita-se a avaliar as implicações da resposta pragmática, porventura dominante nos dias de hoje, segundo a qual a poesia é um passatempo inútil, quer isto ecoe, 2.400 anos depois, os temores aventados por Platão, quer se prenda às prerrogativas mais avançadas e "realistas" da sociedade atual, dominada pela técnica. Neste último passo, também, se assim o preferir, o leitor poderá ficar com esse juízo taxativo, como poderá aderir ao ceticismo que se desenrola nos capítulos anteriores, e prossegue, à procura de outras respostas, ou ao menos outras maneiras de formular a pergunta.

Agradecimentos especiais vão para João de Jesus Paes Loureiro, idealizador do Instituto de Artes do Pará, pela oportunidade que me proporcionou de dirigir aí, em abril de 2002, um seminário subordinado ao tema "Poesia: cognição e imaginação", ocasião em que puderam ganhar corpo várias das reflexões aqui desenvolvidas. Vão também para Álvaro Cardoso Gomes, editor da revista Tempo & Memória, da Universidade São Marcos, cujas páginas abrigaram, em edições diferentes, dois dos capítulos que integram o volume. E, finalmente, para Maria Irene Ramalho de Sousa Santos, responsável pelo Grupo de Estudos Anglo-germânicos da Faculdade de Letras da Universidade de Coimbra, pelo convite para participar, em maio de 2004, do V Encontro Internacional de Poetas, em Coimbra, oportunidade rara de experiência e convívio em poesia, de cujos ricos estímulos este pequeno livro muito se beneficiou.

São Paulo, janeiro de 2007
C. F. M.

1

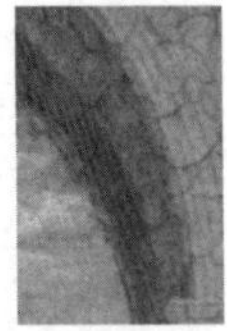

Poesia & Utopia

1

Neste nosso tempo de globalização neoliberal, ciosamente empenhado em tecnologia de ponta, qualidade total, produtividade e eficiência máximas, a poesia surpreendentemente continua a ser praticada e consumida, em moldes e em escala nada inferiores aos de períodos precedentes. Anacronismo, diria Augusto Comte (1798-1857), mero resíduo de um estágio civilizacional "tecnicamente" superado. (A referência ao autor do *Curso de filosofia positiva* prende-se ao fato de que o positivismo, há muito declarado morto, insiste em ressuscitar, na mente da maioria das pessoas.) Mas, enquanto não se dá a superação plena, a poesia segue tendo abrigo nos currículos escolares de todos os níveis; eventos dedicados ao antigo gênero literário ocorrem em grande número, desde congressos e simpósios promovidos por especialistas, até encontros e festivais freqüentados pelo público em geral; oficinas de criação literária, predominantemente dedicadas à poesia, atraem um número considerável de participantes; concursos e prêmios dedicados ao gênero, muitos com regularidade de agenda, atraem milhares de concorrentes; os editores relutam, mas os pequenos e os independentes continuam a engrossar o acervo de títulos disponíveis; os meios de comunicação convencionais também relutam, mas não têm deixado de dedicar algum espaço à poesia; e, por fim, uma rápida visita à internet, em agosto de 2006, registra 8.410.000 ocorrências para "Poesia" – cifra descomunal[1], mesmo levando-se em conta que metade não deve passar de ruído descartável. Mas devo estar sendo benevolente: é mais provável que a quantidade de ruído inócuo chegue a 90% – o que ainda assim (84.100 ocorrências interessantes para "Poesia"?) corresponde a uma cifra descomunal. Não nos esqueçamos de que essas quantidades representam apenas o número de vezes em que a palavra "Poesia" aparece, na Grande Rede, onde quer que seja e qualquer que seja o propósito. Ou a falta de... De qualquer modo, a julgar por todos esses indícios, a velha arte de Homero e Vergílio continua, no terceiro milênio, a ter presença marcante na vida de grande número de pessoas.

Das mais primitivas e rudimentares formas de manifestação cultural – voz, palavra, não mais –, a atividade poética tem evoluído ao longo do tempo, adaptando-se às circunstâncias, mas parece conservar ainda hoje muito do impulso de origem: presença e representação, por meio da palavra, de uma voz humana quase sempre individual, por vezes coletiva ou anônima, que para sobreviver ou até para existir precisa encontrar ouvidos humanos que a propaguem e multipliquem, integrando-a ao cotidiano da vida comum. (No terceiro capítulo cuidaremos mais de perto dessa questão.) Não é surpreendente que algo tão primitivo resista ao pragmatismo dominante e ao império da alta tecnologia? Como explicá-lo?

---

[1] A cifra colhida em 2004, na mesma fonte, o Google, quando da primeira versão deste ensaio, era bem mais modesta: 2.340.000. A título de curiosidade, em agosto de 2006, o mesmo buscador registrava 2.860.000 entradas para "Romance"; 2.920.000 para "Conto"; e 3.570.000 para "Novela" – mas aqui o que conta é a TV e não a literatura. Se deixarmos, porém, o modesto território da última flor do Lácio, para adentrar o latifúndio da língua franca, teremos para "Poetry" nada menos que 254.000.000 de ocorrências.

Que papel representa para nós, hoje, essa milenar atividade humana, que continuamos a chamar "poesia"? Que espécie de realidade entrevemos ou julgamos entrever num poema, quando dele nos acercamos para ouvir a voz do poeta? Que relações mantêm entre si a realidade "poética" e a "outra", esta a que todos estamos presos, antes e depois, ou para aquém e para além do nosso contato com a poesia?

Tais são, em sua formulação mais singela, as questões que pretendemos investigar. Por várias razões, entre as quais não conta pouco a mescla de cautela e ceticismo que deve mover todo empenho ensaístico, proponho que nossa atenção se concentre, o mais demoradamente possível, nas perguntas atrás apenas esboçadas, para só então arriscar uma possível resposta. O único propósito que nos move é o misto de curiosidade e perplexidade sugerido na abertura. Por isso, convém insistir na reiterada ruminação da dúvida, sem pressa de chegar a qualquer resultado. Nesta nossa era de urgência global, que não tem tempo a perder e nos incita à corrida desenfreada no encalço de mais produção, mais qualidade e mais eficiência (ou seria eficácia?), proponho que nosso esforço adote de modo deliberado o ritmo contrário, o ritmo pausado e moroso de quem não tem convicções definidas a respeito do que seja "ganhar" ou "perder" em matéria de tempo; o ritmo, em suma, de quem dispusesse de todo o tempo do mundo para dedicá-lo à questão da surpreendente sobrevida da poesia.

Admitamos, de início, que não estamos no encalço de uma *teoria*; pretendemos tão-só especular em torno das implicações de uma *prática*, seja a prática dos indivíduos poetas, que insistem em seguir produzindo seus artefatos chamados poemas, seja a prática da leitura desses mesmos artefatos, atividade a que ainda hoje tantos outros indivíduos se dedicam, regular ou esporadicamente. Admitido isso, não soará estranho aceitar que nossa indagação prioritária não seja "O que é poesia?", ao menos não enquanto ponto de partida. Não tencionamos adotar como meta, ou método, a fixação de uma base teórica em cima da qual erguer (ou a partir da qual inferir) um bem construído edifício. À margem dessa, nossa indagação poderá ser "Para que serve a poesia?" ou "Que uso tem sido feito e que uso fazemos nós da poesia?".

Isso nos levará a lidar não com bases seguras e firmes, mas apenas com os tijolos possíveis de um edifício virtual, que por este caminho, claro está, dificilmente chegaremos a construir. Mas não importa. Se o esforço for bem-sucedido, viremos a saber que materiais podem formar a eventual concretização dessa virtualidade. Talvez seja o caso de supor que a poesia só é o que é (embora esta questão não nos preocupe) justamente por estar, há séculos, em permanente construção. Proponho, em suma, que não nos mova o propósito do cientista *profissional*, quaisquer que sejam a sua ciência, a sua ambição e a sua "política de resultados"; proponho que nos mova o anacrônico propósito do *amador* de poesia, aquele que não tem pressa e encara com boa dose de ceticismo a qualidade dos resultados possíveis.

2

Podemos, então, começar por afirmar, sem maiores compromissos, apenas para averiguar como se porta a afirmação e que ilações podem ser extraídas daí: *a poesia nos ensina a ver como se víssemos pela primeira vez*. Não é uma definição, não é sequer um conceito. A proposição não aponta para a natureza intrínseca do objeto que almejamos aprender, mas para seus efeitos; a hipótese de que a poesia nos ensina a ver, ainda que a provássemos verdadeira, não nos levaria a saber o que a poesia é, já que responde apenas à pergunta subsidiária "Para que serve a poesia?": *serve* ou serviria para ensinar a ver etc. Não obstante, penso que pode ser um bom ponto de partida, desde que sejamos capazes de desmembrar a afirmação em partes (para em seguida relacioná-las) e desvendar-lhe os subentendidos.

Se a poesia ensina, isso a torna, de saída, parceira ou coadjuvante da Educação, mas não a iguala a esta última. Se ambas ensinam, a primeira deverá incumbir-se de uma espécie de ensino vedado à (ou negligenciado pela) segunda. Digamos que uma e outra igualmente ensinem, e ensinem a ver – plataforma comum, que torna plausível a aproximação e as iguala. Ver o quê? Informações, conteúdos ou, como passou a ser hábito dizer, entre nós, no plural: "conhecimentos". Mas antes de prosseguir convém esclarecer: o que entendemos aqui por "Educação" é a atividade que, antes de gerar algum conhecimento próprio, específico, empenha-se na manutenção e na propagação de todo conhecimento gerado por outras atividades cognoscentes. Neste sentido, a Educação não seria prioritariamente uma ciência, mas apenas um método ou uma instância que se responsabiliza pelos padrões necessários ao bom ensino das ciências propriamente ditas, ou da miríade de disciplinas ou ramos que formam a grande árvore do saber. Relativamente a cada um desses ramos, a Educação, alicerçada nos melhores preceitos pedagógicos, ensina a ver o conhecimento ou a ciência adstrita a esse mesmo ramo. A exemplo da Educação, a poesia, que igualmente não é uma ciência, também ensina a ver, mas a ver o quê? Nada específico, nada adstrito a qualquer ramo do saber. A poesia, a bem dizer, não ensina a ver nada; ou então, o que daria no mesmo, ensina a ver tudo. O que a poesia ensina é apenas *um modo de ver*. A coisa vista, ou por ver, ficará a cargo de quem lê. Digamos que a ensinança poética está mais interessada no *processo* da aprendizagem do que na ampla variedade de seus resultados.

Nossa indagação vai ganhando corpo, sem pressa, num andamento que neste ponto sou forçado a tornar mais moroso ainda, para que firmemos posição em torno da questão terminológica. Como o objeto da Educação não é a ciência da educação, em si, mas o conhecimento forjado pelas verdadeiras ciências, decorre que o educador terá sempre à sua disposição a terminologia específica de cada uma dessas ciências, da qual deverá lançar mão, se quiser garantir o bom êxito do seu propósito de ensinar a ver. Se, jactanciosamente, a Educação pretender erigir-se em ciência autônoma, decerto acabará por engendrar uma terminologia própria, excêntrica e abstrusa, mas já não estará apta a ensinar seja o que for. A poesia, por sua vez, como não possui *objeto* específico, e se detém no modo de ver, sem avançar na direção da coisa vista, não tem como dispor de nenhuma terminologia, própria ou alheia, a não ser que incorra na mesma jactância. Por isso é que, ao discorrer sobre o tema "poesia", as palavras pululam à nossa frente, em alegre desordem, podendo adquirir sentidos variados e contraditórios. Não por outra razão, tornou-se hábito, nos esforços que almejam um mínimo de objetividade nessa área, definir preliminarmente uma "linha de abordagem", sempre unilateral, da qual se desentranha determinado repertório vocabular, via de regra utilizado com o recurso constante a ressalvas do tipo "de acordo com", "segundo", "na acepção de", às quais se segue a nomeação da autoridade ou da subdisciplina de maior prestígio no momento. Tal procedimento não raro resulta em inócuos exercícios de obscurantismo, como se "terminologia própria" fosse sinônimo de jargão esdrúxulo e incompreensível, disfarce de dogmatismo acovardado, que só faz aumentar a desordem – privando-a, o que é pior, da alegria natural.

Para preveni-lo, nada melhor do que aceitá-lo com clareza e insistir: para lidar com poesia, não dispomos de uma terminologia própria. Não que a desprezemos, na verdade pugnamos por chegar a esse estágio, mas não temos uma *ciência* da poesia, em sentido estrito[2]. No entanto, o reconhecimento desse fato não libera nem aprova a desordem generalizada do tipo cada-qual-use-os-termos-que-bem-entenda. Não temos um objeto bem definido, temos vários; não temos um método comprovada e universalmente eficaz, temos muitos; não temos uma terminologia própria – mas isso não nos deve induzir à anarquia ou ao império do subjetivismo. Deve, isto sim, estimular-nos a um esforço de rigor ainda maior, para além do pseudo-esforço de adotar uma das várias terminologias ou "teorias" disponíveis no estoque de plantão e aplicá-la mecanicamente.

Assim, tal como procedemos em relação ao termo "Educação" (sei bem da margem de arbitrariedade aí envolvida, mas isso não nos deve incomodar para além do razoável), convém esclarecer, também: "ver", na afirmação tomada como ponto de partida, e nos comentários subseqüentes, vai aqui empregado como equivalente de "conhecer" ou "compreender". Podemos então refazer a proposição anterior e avançar um pouco: tanto o poeta quanto o educador ensinam a conhecer ou a compreender. O primeiro, como não detém o *conhecimento* de nenhum objeto específico, atém-se ao *ato* que pode conduzir à apreensão de objetos em geral; o segundo, por se definir em razão do conhecimento especializado que detém, em cada disciplina ou ramo da ciência a que se dedicar, concentra-se em ensinar esse mesmo conhecimento. Mas a moderna e jactanciosa ciência pedagógica (qualquer principiante o sabe) garante que ensinar não é transmitir conhecimentos mas, sim, desenvolver habilidades e competências. Quererá isso

---

[2] O antigo *Science et poésie* (Paris, Flammarion, 1947), de Pius Servien, é um precioso exercício nesse rumo, assim como o ainda mais antigo *Science and poetry* (1926, 2ª ed. 1935), de I.A. Richards, posteriormente reeditado, com acréscimos e novo título, *Poetries* and sciences (New York, W.W. Norton, 1970).

dizer que nosso esforço terá sido em vão e que ensinança poética e ensinança *tout court* resultam, afinal, em ser a mesma coisa? A Educação, adequadamente entendida como usina onde se forjam habilidades e competências, não cumprirá com o papel ensinante que vínhamos tentando adjudicar à poesia? Talvez sim, talvez não.

"Ensinar não é transmitir conhecimentos mas, sim, desenvolver competências e habilidades" (e seu corolário: "Aprender não é adquirir conhecimentos mas...") – tal é a *lição* que todo pedagogo, hoje, sabe de cor e endossa sem hesitar. Todavia, ponderemos. Essa lição constitui, de qualquer modo, *um conhecimento*, que corre sempre o risco de ser meramente transmitido, sem que para isso nenhuma habilidade ou competência se desenvolva, seja da parte de quem ensina, seja da parte de quem aprende. Por outro lado, desenvolver competências e habilidades para quê, senão para que conhecimentos sejam adequadamente transmitidos e adquiridos? Não será por outro motivo que professores de todos os graus, em início de carreira, queixam-se sistematicamente (e não por falsa modéstia) de que não sabem ensinar, não obstante conheçam de cor a sábia e inquestionável lição. Assim, a despeito de ambas partilharem o mesmo bom propósito ensinante, a poesia de fato ensina tão-somente um modo de ver, enquanto a Educação, como prática, embora ciente de que não deveria ser assim, ensina conhecimentos mecanicamente reproduzidos e reprodutíveis.

Até aqui, cobrimos apenas a primeira parte da afirmação tomada como ponto de partida, aquela que designa a plataforma comum a poesia e Educação: "a poesia nos ensina a ver". Resta esclarecer qual seria o modo de ver ensinado pela poesia, expresso na segunda parte: "como se víssemos pela primeira vez". Até aqui, a análise pôde ater-se aos sentidos denotativos da frase e, de minúcia em minúcia, de subentendido em subentendido, fomos apreendendo todas as implicações do primeiro termo do binômio. Todas?

Provavelmente, não: só aquelas com que nosso esforço foi capaz de atinar, mas de qualquer modo chegamos até aqui sem grandes sobressaltos. Deste ponto em diante, porém, deparamo-nos com um dado novo, o obstáculo da comparação – o "como se", que talvez seja, aliás, o obstáculo poético por excelência, a linguagem dita figurada. A partir do "como se", não temos mais cláusulas firmes, que permitam divisar, no nível denotativo, seu campo próprio de significação.

A partir deste ponto, não podemos contar *apenas* com a pura intelecção; somos convidados a "figurar" (formar ou compor a figura de) alguma idéia que não nos é oferecida diretamente, mas por intermédio de uma sua imagem refletida no espelho da comparação. Para atinar com a segunda parte da hipótese que nos ocupa, é preciso que o ato cognitivo se faça acompanhar de alguma competência imaginativa – que certamente será, aliás, uma das competências que a moderna ciência pedagógica nos convida a desenvolver. Mas, fixemos desde já, não se trata de substituir a compreensão pela imaginação, tão logo soe o aviso do "como se". O adequado entendimento da afirmação continuará a ser, necessariamente e em toda a extensão, um ato cognitivo, que simplesmente não teria como dispensar o concurso da imaginação.

Tentar compreender a segunda parte da hipótese *apenas* com os recursos da imaginação induzirá o leitor-intérprete a compor devaneios soltos no ar, fantasia subjetiva, desgarrada da realidade, textual ou outra, a ser decifrada. Tais devaneios não têm nenhuma contra-indicação, em si; entregar-se a eles é auto-estimulante e pode resultar em valiosos exercícios de criatividade. Mas não é disso que se trata, aqui. Nossa meta não é tomar aquela hipótese, ou parte dela, como pretexto para criar ou inventar; nossa meta é *compreender* o sentido ou os sentidos das palavras que nos desafiam, no papel. Imaginação, então, para o que nos importa, é forma de conhecimento objetivo e, portanto, não se confunde com a livre fantasia – rico e proveitoso exercício, repito, desde que não se pretenda tomá-lo como equivalente de "interpretação". (Voltaremos a esta questão, no capítulo final, "A hora da poesia".)

Fixemos a idéia básica: "como se víssemos pela primeira vez" é algo a que não temos acesso direto, assim como o temos, por exemplo, à asserção "a poesia ensina a ver". Nossa pergunta é: em que consiste "ver *como se* víssemos pela primeira vez"? Não se trata apenas de *ver* isto ou aquilo pela primeira vez. Fosse este o caso, a poesia não teria nada que ensinar, não haveria necessidade de recorrer à imaginação. Quando nos deparamos com um objeto (ou coisa ou idéia) nunca antes visto, basta vê-lo; ainda que seja pela primeira vez, não há necessidade de recorrer a nenhum "como se". O excêntrico modo de ver, ensinado pela poesia, incita-nos a encarar o objeto (ou coisa ou idéia) sobejamente visto, *como se nunca o tivéssemos visto antes.*

"Ver como se víssemos pela primeira vez" quer dizer: abstraindo o fato de que já vimos, assumindo a postura da tábula rasa – ou da ignorância estratégica, digamos. Tal postura é possível? Talvez... Mas, como diria o pedagogo ou o cientista profissional, isso é irrelevante e contraproducente: se já vi, se é possível dar algo como tendo sido visto, não há por que tentar reproduzir a "primeira vez"; se já vi, o que tenho a fazer é seguir adiante, sempre disposto a ver outra coisa, mais coisas – *novidades*, enfim, cuja aquisição há de ser acrescentada ao já visto anteriormente, na ciosa e segura construção do grande edifício da ciência, em permanente expansão. Mas antes de dar inteira razão ao inexcedível bom senso do cientista pedagogo, e abandonar a hipótese de que partimos, examinemos de perto os subentendidos que insidiosamente se escondem tanto na excentricidade do modo poético de ver como no pragmatismo cumulativo da ciência profissional.

O poeta não desperdiçará seu tempo, e o nosso, ensinando-nos a ver o que não tenhamos visto antes: a Educação convencional dá bem conta dessa tarefa, corriqueira, e a poesia não teria aí muito que fazer. "Ver como se víssemos pela primeira vez" só faz sentido (para além ou aquém das práticas pedagógicas de rotina, evidentemente) caso se aplique ao já visto, ou ao já conhecido, a fim de que este seja percebido *como se* desconhecido fosse. O modo de ver ensinado pela poesia pede a negação, ao menos provisória, do conhecimento enquanto resultado, a fim de privilegiar o próprio ato de conhecer, entendido como disponibilidade, como ato a ser reencetado *ab ovo*, incansavelmente, a cada objeto (ou coisa ou idéia) com que nos deparemos. Se formos capazes de aprender a lição da poesia, não haverá mais objetos definitivamente conhecidos: todos serão sempre novos e desconhecidos, à procura do seu lugar na árvore do saber.

3

Todo conhecimento adquirido condiciona e prefigura a aquisição de novos conhecimentos – tal é o pressuposto que permite à ciência, em sentido estrito, avançar e progredir. Ver tudo, sempre, como se fosse pela primeira vez, como ensina o poeta, resultaria em marcar passo, por força da repetição incessante do mesmo esforço cravado naquele ponto imaginário da potencialidade ilimitada, a partir do qual todos os edifícios podem ser construídos, mas a partir do qual, também, caso insistamos em ver (sempre) como se víssemos pela primeira vez, talvez não cheguemos a construir nenhum. Há séculos, isso que chamamos "civilização" – esta civilização que hoje se espalha globalizada e urgente por todos os cantos do planeta; a civilização que tem no seu bojo o que arbitrariamente vamos designando por "Educação" – optou por construir um só e determinado edifício, abrindo mão dos demais. Desde então, o poeta, com sua insubmissão, recusa-se a colaborar e insiste em recorrer ao "como se", para acenar com outros caminhos.

Com isso, o ensinamento poético resulta em ser uma antipedagogia. A poesia não espera e não aceita que conhecimentos se acumulem para formar um *todo* homogêneo e coeso; para a poesia, esse *todo* não passa de miragem ou impostura. A poesia ensina que o todo não é a soma das partes; é, antes, cada edifício contido em cada tijolo. (A lógica formal não teria por que, nem como, quantificar os dados fornecidos pela excêntrica lógica poética.) Em matéria de conhecimento, desde que se trate de poesia, o único pré-requisito é estar apto a ver, enquanto ato inaugural, a semente de qualquer possível árvore do saber. A poesia, em suma, sempre atuou e continua a atuar no sentido contrário ao esforço de séculos, que veio culminar na entronização da idéia de que o ser humano não passa de máquina que produz e consome; que veio culminar na entronização do Lucro e da Produtividade, na devastação concertada e consentida, hoje designada por globalização.

Poesia e insubmissão caminham juntas e a razão é simples: o edifício por construir (seja o que hoje habitamos, seja outro qualquer), uma vez esboçado, prefigura e controla os novos conhecimentos a serem adquiridos, que só serão *novos* em sua formulação exterior. Diante do dado novo, só o olhar poético – a *poien*, o olhar que já encaminha o fazer – será capaz de apreender a novidade que aí se esconda; o olhar guiado pela *techne* utilitarista fará apenas incorporar mais um tijolo ao edifício, distorcendo e enquadrando a novidade. (A obsessão do "novo" será estudada no próximo capítulo.) O conhecimento pedagógico, cioso dos resultados e da finalidade prática dos seus propósitos, não vai além do re-conhecimento, pois só consegue operar no âmbito da familiaridade, debaixo da segurança do já conhecido.

O conhecimento autêntico, que não se limite a trabalhar em série, para acumular resultados, será aquele que atua sempre no âmbito do desconhecido, para efetivamente *conhecer* em vez de apenas *re-conhecer*.

"A poesia nos ensina a ver como se víssemos pela primeira vez" é, afinal, a lição elementar que podemos extrair não dos filósofos ou dos pensadores, dos especialistas em arte poética ou dos educadores (todos, de um modo ou de outro, governados pela ciência profissional), mas de um poeta genuíno, como Fernando Pessoa[3] (1888-1935):

O meu olhar é nítido como um girassol.
Tenho o costume de andar pelas estradas
Olhando para a direita e para a esquerda,
E de vez em quando olhando para trás...
E o que vejo a cada momento
É aquilo que nunca antes eu tinha visto,
E eu sei dar por isso muito bem...
Sei ter o pasmo essencial
Que tem uma criança se, ao nascer,
Reparasse que nascera deveras...
Sinto-me nascido a cada momento
Para a eterna novidade do Mundo...

Não há como evitar: não obstante enraizada na terra firme que todos pisamos, a poesia acaba sempre por alçar vôo na direção da utopia. Ver e aprender correspondem a uma aspiração natural em todo ser humano, e se nos deixarmos guiar pelo educador (esse educador profissional e burocratizado, a que nos vimos referindo) não haverá dificuldade em divisar a exeqüibilidade da aspiração: nada impedirá que se construa o edifício pretendido. Mas, se dermos ouvidos ao poeta, correremos o risco de ficar paralisados. Ou não

---

[3] F. Pessoa, *Poemas de Alberto Caeiro*, 3ª ed., Lisboa, Ática, 1958, p. 22.

resistiremos ao impulso de pôr abaixo todos os edifícios – metaforicamente, bem entendido. Mas, se calhar, até literalmente, como propôs Filippo Tommaso Marinetti [4] (1878-1944), o idealizador do futurismo, no início do século passado.

O propósito aparente de Educação e poesia, entendido este em termos de sua substância, é um só: ver e aprender. "Ver como se víssemos pela primeira vez", porém, nos leva mais cedo ou mais tarde a indagar se esse, que se nos oferece aí fora, é realmente o edifício que pretendemos, se é essa a morada capaz de abrigar o melhor do nosso destino. Se pelo menos hesitarmos em responder, ficaremos paralisados em face da tarefa impossível que então se descortina: adquirir ou recuperar ou inventar "o pasmo essencial / Que tem uma criança se, ao nascer, / Reparasse que nascera deveras". Só se fosse capaz de se sentir "nascido a cada momento / Para a eterna novidade do Mundo" é que o homem estaria apto a construir um edifício menos desumano do que este em que lhe coube morar. Utopia, sem dúvida. Valeria a pena persegui-la? Mas logo voltaremos a isso. Por ora, e para encerrar este tópico, tratemos de amarrar a heterodoxa parceria, que vimos tentando delinear, entre poesia e Educação, recorrendo mais uma vez à voz do poeta:

> O essencial é saber ver,
> Saber ver sem estar a pensar,
> Saber ver quando se vê,
> E nem pensar quando se vê,
> Nem ver quando se pensa.

---

[4] Cf. Umbro Apollonio (org.), *Futurist manifestos*, trad. norte-amer., New York, The Viking Press, 1973.

Mas isso (tristes de nós que trazemos a alma vestida!),
Isso exige um estudo profundo,
Uma aprendizagem de desaprender.

Aí temos a idéia de poesia como antipedagogia: "uma aprendizagem de desaprender". Ensinando-nos a ver como se víssemos pela primeira vez, o poeta nos induz a conviver com a aparente tautologia segundo a qual para ver é preciso saber ver, não basta *olhar* para as coisas (supostamente) já vistas e catalogadas por outrem. Mas, incongruência das incongruências, se o saber ver trouxer como resultado algo que eu possa considerar como tendo sido visto, daí por diante já não saberei ver mais nada, serei capaz apenas de re-ver, movido pelo intuito exclusivo e dogmático, embora subliminar, de confirmar e reforçar o já visto. Se tenho à mão a *segurança* do caminho mais curto, embora falso, por que correr o *risco* de buscar, na multiplicidade dos atalhos possíveis, o improvável caminho verdadeiro? Tal é a espécie de "cautela" que, ao mesmo tempo, molda a sociedade real em que vivemos e define a antipoesia.

Mais tautologia? Não chegará a tanto, é só a platitude do óbvio: para estar apto a conhecer é preciso desconhecer. Se eu aceitar ou presumir que conheço, ainda que não se trate de operações inteiramente claras para minha consciência, o cognoscível se reduzirá às dimensões do já conhecido, que passará a se reproduzir em série, embora eu possa me iludir com a agradável sensação de estar "descobrindo" novidades, no rumo seguro do avanço e do progresso... sempre no mesmo lugar. Quererá isto dizer que, quanto mais civilizados – nos limites estreitos do que nos habituamos a chamar "civilização" –, mais empenhados estamos na plena recuperação da barbárie?

---

[5] *Poemas de Alberto Caeiro*, ed. cit., p. 48.

O fato é que, para verdadeiramente aprender e avançar (mais um paradoxo não causará grande transtorno), é necessário, antes, desaprender o anteriormente aprendido, por valioso e seguro que pareça. A poesia ensina, subliminarmente, a estratégia da insubmissão. Por isso, os guardiães do edifício do Saber, ou de qualquer edifício minimamente ambicioso, não sabem como lidar com ela, embora não hesitem em aparentar sabê-lo – como veremos no capítulo final.

4

A onda predatória que se alastra pelo mundo, hoje, com sua urgência neoliberal e globalizadora, pode levar-nos a julgar que a insubmissão do poeta seja fenômeno recente, resposta imediata à solicitação de momento. Não há dúvida de que a atitude de indignação e revolta, formadora da antiga variante literária que é costume designar por "poesia de protesto" ou "de resistência" é intrinsecamente afim da insubmissão que aqui tratamos de descrever, mas não deve ser confundida com esta última. O espírito de insubmissão, entrevisto na hipótese de que "a poesia nos ensina a ver como se víssemos pela primeira vez", deve ser entendido não em termos do libelo ostensivo contra a desolação reinante no mundo desumano que a globalização vem construindo, mas como rebeldia ontológica, recusa radical em aceitar os fundamentos que possibilitam essa construção. Vale dizer toda poesia genuína (e não apenas aquela que explora tematicamente a denúncia, o protesto, a indignação) é subversiva. Insubmissão designa a condição intrínseca e despremeditada que enforma a autêntica postura poética, desde tempos aurorais, e não a reação deliberada, pontual, contra esta ou aquela tirania, esta ou aquela ignomínia. "Em nossa época", afirma-o W. H. Auden (1907-1973), o poeta inglês naturalizado norte-americano, "a mera criação de uma obra de arte é em si um ato político"[6]. E "política", no caso, diz respeito mais à *atitude* exemplificada no gesto do que ao *tema* ou ao conteúdo programático eventualmente expostos na obra.

No parágrafo anterior referimo-nos a "tempos aurorais", mas não nos deixemos impressionar, é só um modo de dizer; e não nos entusiasmemos demasiado com o eventual fascínio do aliciamento metafórico: confiemos tais caprichos aos poetas. Para chegar aonde pretendemos não há necessidade de recorrer a nada vago e difuso como "tempos aurorais", não precisamos lançar mão de nada que não possa ser historicamente situado e documentado e que escape, assim, ao nosso esforço de cognição racional. Que a insubmissão, esta insubmissão, acompanhe desde sempre a figura do poeta, podemos detectá-lo, por exemplo, em Platão e sua *República*[7], documento datado e uma das matrizes do modo de ver em que, ainda hoje, assenta a civilização a que pertencemos. Deixemos de lado, por um momento, a aviltada realidade atual, para encetar um breve e sumário recuo de 2.400 anos.

Longo diálogo travado entre Sócrates e alguns interlocutores, a propósito do tema nuclear da Justiça, a *República* resulta em ser a descrição de uma utopia: o Estado ideal, a forma superior e perfeita de organização social e de bem-aventurança individual e coletiva. Platão principia por determinar que Justiça e Verdade, em sentido pleno, são indissociáveis, e situam-se num nível de realidade substancial a que só o conhecimento filosófico tem acesso. Assim, caberá aos filósofos o governo da *República*, a fim de garantir que Verdade e Justiça se distribuam com firmeza e temperança. Assegurado o fundamento fornecido

---

[6] W. H. Auden, "The poet and the city", in James Scully (org.), *Modern poetics*, New York, McGraw-Hill, 1965, p.182.

[7] Platón, *República*, trad. arg., Buenos Aires, Editorial Universitaria de Buenos Aires, 1963.

pelos filósofos, eliminada com isso toda possibilidade de erro, a Cidade ideal se constrói, como um todo harmonioso e estável.

Daí por diante, a concepção da *República* é uma luminosa premonição das modernas estratégias de planejamento e gestão de recursos. Em linguagem vulgar (creio que o filósofo ateniense nos perdoará o aligeiramento), a chave é a divisão do trabalho, com vistas à racionalização de esforços e à otimização de resultados; funções específicas serão confiadas às diversas categorias de cidadãos, de modo a obter de cada um o desempenho máximo, capaz de atender ao mesmo tempo às aptidões individuais e às necessidades coletivas: cada qual em seu devido lugar, todos dando o melhor de si, em prol do bem comum.

Ora, se cada cidadão fosse capaz de atinar por conta própria com "seu devido lugar", com o "melhor de si" e com o "bem comum" (tal é o raciocínio subjacente à hierarquização de funções concebida para a *República*), não haveria necessidade de uma classe de filósofos, os únicos mortais, já o sabemos, que têm acesso ao conhecimento e à sabedoria, sendo por isso que lhes cabe definir as regras a serem obedientemente cumpridas pelos demais, sem discussão. (O fato, aliás exemplarmente platônico, de que somos todos obrigados, hoje, a cumprir com regras estabelecidas, digamos, pelos técnicos do FMI, mostra não que estejamos vivendo novos tempos, mas só que cada tempo tem os filósofos que merece.) Daí decorre que a saúde da *República* dependerá da submissão e da estrita obediência dos cidadãos, perfeitamente adaptados às suas funções respectivas. Sabedoria – Platão nos induz a reconhecê-lo – não é um dom universal, mas prerrogativa dos filósofos governantes.

Não é essa, dirá o leitor, a utopia dos nossos sonhos, a utopia que se descortina e começa a ser construída no Século das Luzes, a partir da Revolução Francesa, da ascensão da burguesia, do fim do absolutismo e da declaração dos direitos universais do cidadão – os sonhos de liberdade, igualdade e fraternidade, em suma. O fato é que a estabilidade da *República* platônica depende do assentimento de cidadãos sem direito a escolha: cada qual deverá estar preparado para exercer o papel social que os educadores, amparados nos filósofos, tenham previamente definido. Ninguém terá a prerrogativa de escolher livremente o papel que mais lhe agrade.

O grande sonho da democracia moderna garante saber como lidar com o artesão que desista de seu mister e pleiteie exercer o de guerreiro, ou vice-versa, alegando sua inclinação natural ou sua aptidão comprovada; ou com o agricultor que se candidate a governar; ou com o cidadão eclético, enfim, disposto a assumir ou ao menos a experimentar, concomitante ou alternadamente, várias funções. Para Platão, isto seria inimaginável. Seria um contra-senso esperar que Sócrates e seus interlocutores cogitassem da absurda hipótese da liberdade absoluta. Platão cuida do substancial, a Verdade e a Justiça, às quais, não é demais insistir, *o homem comum não tem acesso*, sendo portanto uma temeridade admitir que cada qual escolha o seu próprio destino; o filósofo esclarece, ainda, como deve ser o modo de organização do Estado e das relações entre os homens; e afirma: esta *é* a Cidade perfeita; mas não lhe importa averiguar se isso atenderá à vontade ou aos caprichos de cada indivíduo.

Na arquitetura de tal Cidade, Platão conta com a colaboração decisiva dos educadores. A Educação, concertada pelos filósofos, e por isso igualmente alicerçada em Verdade e Justiça, será incumbida de preparar (programar?) todos os cidadãos, a fim de que estes desempenhem a contento as funções que lhes forem destinadas. Devemos supor, embora tenhamos dificuldade em imaginar como isto se daria, que essa preparação prevenirá a eventualidade da hipótese aventada no parágrafo anterior, isto é, a hipótese do cidadão insatisfeito com seu papel e desejoso de mudar ou de assumir mais de uma função. Para a boa consecução da *República*,

Educação e governo cuidarão de providenciar, na quantidade justa, cidadãos que, além de respeitarem seus limites, estejam satisfeitos e felizes com a limitação. Tudo correria como se esses limites, e as desigualdades daí decorrentes, não fossem impostos de fora, mas resultassem da desigual distribuição de dons, aptidões e potencialidades com que cada indivíduo seria aquinhoado – ao nascer, supõe-se. Caso contrário, como convencer determinadas classes de cidadãos a assumirem as funções mais humildes, necessárias à manutenção da Cidade, interrompendo aí sua ascensão no encalço das funções mais elevadas ou no rumo do Inteligível? Como aceitar que os privilégios superiores sejam concedidos apenas a esta ou àquela classe?

Muito tempo depois, Aldous Huxley[8] (1894-1963) proporá uma solução para o impasse: indivíduos geneticamente programados, produzidos em linha de montagem, para atender aos interesses da Pólis. Restrição ou supressão da liberdade? Tirania e totalitarismo? O pragmatismo da mentalidade moderna parece não ter acrescentado à *República* platônica nada que ali já não estivesse contido, pelo menos em embrião. De outro lado, tantos séculos atrás, Platão talvez não tivesse como levar a sério a possibilidade de tal crítica vir a ser feita à sua utopia, que admite até mesmo uma classe de escravos. O filósofo ateniense lida com o ideal, não com o realizável.

Com o realizável lidarão os administradores, os de antanho e os de hoje, mas já não será mais o caso de alicerçar a vida social em Verdade e Justiça, e sim em Produtividade e Lucro – este sim o verdadeiro ideal realizado. A Utopia maior, a da superação das desigualdades, com a distribuição uniforme, não seletiva, de todos os privilégios e oportunidades a todos cidadãos, implicaria a absurda eliminação de toda espécie de governo; implicaria, mais, a assertiva de que todos

---

[8] A. Huxley, *Admirável mundo novo*, trad. bras., São Paulo, Abril, 1980.

os cidadãos são conscientes e livres, e portanto autogovernáveis, prescindindo pois de qualquer concelho de filósofos, ou sábios de plantão, que lhes ditem regras.

Assim, ao longo do enorme lapso que separa a utopia platônica da antiutopia de Huxley, os filósofos serão alijados do governo, pelos modernos empreendedores e gestores, e a garantia de submissão e obediência, bem como a satisfação de cada indivíduo no exercício de suas funções, ficarão a cargo da Comunicação Corporativa, externa e interna, em estreita sintonia com Planejamento Estratégico, Propaganda & Marketing.

5

Um pouco abusado o excurso, reconheço, e excessivamente simplificada a sinopse da *República*. Está claro que a complexidade da idealização platônica se estende para muito além do tímido horizonte aqui esboçado. Mas o que aí vai, creio, é leal ao pensamento do filósofo e é o que basta a nosso modesto propósito, qual seja situar o contexto em que se inscreve uma das primeiras manifestações formais a respeito do papel do poeta e da poesia, em nossa cultura.

E sugerir que no diálogo platônico em torno da Justiça ganha corpo, também, a estratégia organizacional decisiva, moderníssima, que consiste em adotar, e impor, *uma* interpretação rígida e unilateral como sendo *a* única verdade. É um caso típico, diria Barbara H. Smith, de "autoprivilégio epistêmico absoluto"[9]. Se a Verdade que serve de fundamento à *República* fosse um dado universal, objetivo e

---

[9] B. H. Smith, *Crença e resistência: a dinâmica da controvérsia intelectual contemporânea*, trad. bras., São Paulo, Editora da Unesp, 2002, p. 117 *passim*. Uma interessante discussão dessa "controvérsia", segundo uma óptica ortodoxamente cartesiana, é desenvolvida por Thomas Nagel, em *A última palavra*, trad. bras., São Paulo, Editora da Unesp, 2001.

irrefutável, Platão não precisaria despender tão avantajado esforço, não precisaria sequer ter imaginado uma utopia: bastaria comandar a sua realização, antecipando-se aos infalíveis gestores de hoje.

A sociedade "perfeita", qualquer que seja o sectarismo em que sua concepção se apóie, será sempre montada sobre a rigidez da trilogia ordem-estabilidade-segurança, tornando-se *ipso facto* incompatível com a perigosa idéia de liberdade e com a mais perigosa ainda de indivíduos capazes de livre escolha. Utopia e liberdade são inconciliáveis. Os sábios governantes de qualquer república "ideal" sabem ou simulam saber o que é melhor para todos e não hesitam em impô-lo, contra a vontade de quem quer que seja, vedando a partir daí todo avanço, todo conhecimento, toda liberdade.

Auden, no mesmo clássico ensaio já referido, vê a *República* de Platão como um sistema análogo a um "bom poema", e afirma, peremptório:

> Todas as teorias políticas, como a de Platão, baseadas em analogias extraídas da criação artística, tendem, quando postas em prática, a se transformar em tiranias. [...] Uma sociedade que fosse realmente como um bom poema, que incorporasse as virtudes estéticas da beleza, da ordem, da economia e da subordinação do detalhe ao todo, seria um pesadelo de horror pois, dada a realidade histórica do homem verdadeiro, tal sociedade só poderia vir à luz por meio de reprodução seletiva, extermínio dos física e mentalmente inaptos, absoluta obediência ao seu Diretor e uma numerosa classe de escravos mantidos em porões.[10]

Essa linha de raciocínio leva Auden, alguns parágrafos adiante, a uma conclusão sombria:

---

[10] W.H. Auden, op. cit., p. 179.

O que é peculiar e novo em nossa época é que a meta principal em política, em toda sociedade avançada, não é propriamente política, ou seja, não diz respeito a seres humanos como pessoas e cidadãos, mas como corpos, como criaturas humanas pré-culturais e pré-políticas. Assim, é inevitável que o respeito à liberdade individual tenha diminuído tão drasticamente e que o poder autoritário do Estado tenha crescido tão amplamente, nos últimos cinqüenta anos,[11] pois o principal interesse político hoje diz respeito não às liberdades humanas, mas às necessidades humanas.[12]

Deixemos por ora a inquietante questão da sociedade "perfeita" e da tirania no mundo moderno; voltemos à Grécia antiga e à questão que nos ocupa desde o início: que papel destina Platão ao poeta, em sua *República*? Resposta: nenhum. Como se sabe (e o tópico vem sendo glosado há séculos), o ateniense opta por desterrar o poeta, mas não terá sido uma decisão fácil. O assunto é abordado de passagem no livro I; vem tratado extensamente nos livros II e III, onde já se define a deliberação; mas torna a aparecer no VIII e principalmente no X, o fecho do diálogo, para que se reforcem os argumentos contra a poesia. Se o caso não fosse tão complexo e controvertido, Sócrates e convivas o teriam resolvido mais rapidamente. Mas vamos à argumentação do filósofo.

Platão começa por tecer elogios a Homero, salientando o poder de encantamento de sua voz e seu canto, a arte sublime que garante à poesia o apreço em que é tida pelos cidadãos. Mas em seguida fixa, entre outros, o argumento capital: o poeta lida com imitação da imitação, afastando-se, portanto, da Verdade em três graus – um a mais que o pintor, dois

[11] A primeira edição do ensaio de Auden data de 1962.
[12] Idem, ibidem, p. 181.

a mais que o artesão. Homero, Hesíodo e os demais poetas, no entanto, são exímios em imprimir às suas imitações uma intensidade tal que as torna tão persuasivas e convincentes quanto a Verdade do filósofo. O mesmo transporte de emoção intensa (fictícia, porém intensa), que leva o ouvinte a se deixar persuadir pelo poeta, resulta, nesse mesmo ouvinte, na debilitação do caráter e da vontade, fatores imprescindíveis à manutenção da Verdade comum, da Justiça e da Felicidade. Como o poeta não se empenha em distinguir o falso do verdadeiro, o injusto do justo, o ímpio do virtuoso, pintando com as mesmas e convincentes cores a uns e outros, daí segue que a poesia promoverá, no ouvinte, a mesma indistinção, a mesma confusão dos retos valores que sustentam a Urbe. Se o efeito indesejado se limitasse àquele instante fortuito em que o cidadão se entretém com a voz do poeta, de modo que antes e depois os trabalhos da *República* prosseguissem, inabaláveis, talvez não houvesse muito que objetar. Mas, e Platão o sabe, a voz do poeta costuma ecoar em longos e imprevisíveis desdobramentos; confusão e indistinção, dessa ordem, tendem a alastrar-se. O filósofo não tem alternativa senão banir o poeta.

A poesia (Platão o insinua) é um peso morto. Enquanto os demais cidadãos desempenham cada qual sua função *útil*, de modo disciplinado e produtivo, o poeta não tem nenhuma função, não produz nada, a não ser suas inúteis imitações de imitações. A poesia, embora largamente apreciada, nada acrescenta ao esforço de todos na manutenção da Justiça e na consecução da Felicidade. A lógica do argumento é irrecorrível.

Mas, se fosse apenas essa a razão – a inutilidade do poeta –, haveria necessidade de tamanho rigor de parte do filósofo? Certamente, não. O fato é que, de acordo com sólida e arraigada tradição, ainda vigente no século de Platão, o papel da poesia não é só comover e entreter, mas também *educar*, e educar enquanto modo de ver, no encalço da efetiva *construção* do conhecimento, como diriam os cientistas-pedagogos de hoje, e não enquanto mera *transmissão* de conhecimento convertido em fórmula estagnada. Não que os poetas se arvorassem em educadores, pretendendo rivalizar com estes últimos, mas é nessa condição que o povo os considera. O encantamento, o poder de sedução e a força persuasiva da fantasia poética tendem a se transformar em "modelos", que o ouvinte busca imitar. Ora, tomada dessa forma pelo cidadão comum, como fonte de "exemplos" e ensinamentos (falsos e impuros, já se vê: imitação da imitação), a poesia representará verdadeiro foco de deseducação. Mais do que peso morto, a poesia é uma séria ameaça à ordem e à estabilidade da *República*. O poeta, em suma, é expulso não por ser inútil ou incapaz, mas por ser perigoso.

Com isso, a lógica platônica dá a entender que nem o elevado esforço dos filósofos e dos educadores, nem o laborioso e homogêneo empenho dos cidadãos bem avisados, em defesa da Verdade, são capazes de enfrentar a inocência da imaginação poética. Expulsar o poeta da Cidade perfeita é reconhecer-lhe o poderio. Absurdo, protestarão os administradores das cidades realizáveis – os da nossa aldeia global, por exemplo; palavras, palavras, palavras – dirão eles.

E o poeta retrucará: "wordswordswords / swords"[13]. Mas eles insistirão: de que modo isso pode desestabilizar uma sociedade bem planejada? Quando muito irá perturbar um ou outro indivíduo, já predisposto à perturbação, mas nunca chegará a afetar a organização geral da Urbe. E, ao que parece, assim tem sido. Essa espécie de argumento cético e pragmático, solidamente assentado em seu compromisso com a *realidade* dos fatos e nenhum com as *idéias* (no sentido platônico, evidentemente), acabou por se tornar hegemônica, ao longo dos séculos, desenvolvendo-se de modo prodigioso, no cerne da

[13] José Paulo Paes, *Resíduo*, São Paulo, Cultrix, 1980, p. 5.

portentosa árvore da ciência e da técnica, para culminar na Maravilha global do nosso tempo.

Valeria a pena indagar quando se definiu esse rumo? Talvez tenha sido no momento em que os bárbaros da futura Europa ocuparam o Império Romano; ou logo depois, quando se consolidou a Cristandade, com sua radical e irreversível ruptura entre tempo mítico e tempo histórico; mas talvez tenha sido em tempos mais recentes: os Descobrimentos, o Mercantilismo, o Capitalismo, o Colonialismo; ou mais recentes ainda: a Revolução Industrial, o Neocolonialismo, a Globalização. No próximo capítulo, veremos até onde é possível insistir nessa indagação, mas por ora seria irrelevante especular a respeito. Para o que nos importa, o essencial é observar que, em algum ponto no curso da História – difícil se não impossível de precisar –, aquela espécie de argumento cético e pragmático, atrás assinalada, se tornou hegemônica e definiu os rumos que vimos seguindo até hoje.

Em tempos aurorais, ou na aurora dos nossos tempos (retomar, agora, a metáfora não causará nenhum dano), o arquiteto da *República* relutou mas acabou por admitir seu temor ao poeta e por isso desterrou-o; já os administradores das cidades bem concebidas, responsáveis pelo "mundo real das sociedades modernas", por exemplo, como veremos no fecho do volume, desdenham com arrogância crescente não só o poeta e a poesia, como também toda modalidade de idealização, a ponto de não tomarem sequer o cuidado de enxotá-los de vez, permitindo que poeta e filósofo, com seu ideal, continuem por aí, sobrevivendo nos interstícios da Aldeia, largados no monturo geral dos mitos inúteis e das excentricidades obsoletas.

Com isso, a severa advertência de Platão continua a ecoar e a nos ensinar a lição de base: a Cidade perfeita exige a cessação das mudanças e transformações, a utopia é a negação da História. No dizer lapidar de Benedito Nunes, toda utopia é uma "ucronia"[14]. Por quê? Porque a sociedade perfeita só é concebível como aquele limite (fictício, porém tomado como verdadeiro) em que todos os recursos materiais e humanos, como diriam nossos gestores, tenham atingido o máximo de sua potencialidade, não havendo mais por que nem por onde evoluir, a não ser para consolidar a meta atingida. Com a negação da temporalidade, imposta pela Cidade perfeita, a História se interrompe e estagna, para se tornar sempre igual a si mesma; a História devém um eterno presente, como em todas as versões conhecidas do Paraíso.

> Para Platão, as substâncias são imateriais embora não mentais; são formas objetivas. [...] Ora, uma metafísica substancialista implica uma teoria de conhecimento segundo a qual apenas o que é imutável é cognoscível. Mas o que é imutável não é histórico. O que é histórico é o evento transitório. A substância em que se manifesta um evento, ou de cuja natureza este procede, não é nada para o historiador. Daí o fato de a tentativa de pensar historicamente e a tentativa de pensar em termos de substância serem incompatíveis.[15]

Com efeito, a utopia da Cidade ideal, como a temos na *República*, é sinônimo de estabilidade e imutabilidade, não enquanto freio odioso, que impeça a evolução, mas como plenitude absoluta, *et pour cause* utópica, de uma evolução que tenha esgotado todas as suas potencialidades. Platão não nos pergunta se tal meta é factível, mas garante-nos que

---

[14] "As utopias são também ucronias. Os tempos revoltos da história não chegam às portas da Amaroutas de Morus nem atravessam os sete círculos que rodeiam a Cidade do Sol de Campanella. A Icária, imaginada por Cabet, está a salvo das contingências do tempo e da necessidade." (B. Nunes, *O dorso do tigre*, São Paulo, Perspectiva, 1969, p. 27.

[15] R.G. Collingwood, *A idéia de história*, trad. port., Lisboa, Editorial Presença, s.d., p. 74.

Perfeição, seja o que for, é isto mesmo: estabilidade, imobilidade, negação da História. E, portanto, negação ou "superação" do conhecimento, da consciência e da liberdade... Platão demonstra, ademais, que o grande inimigo da Perfeição não é o erro, o desvio ou a discordância, mas... a poesia, tomada esta em sua essência, enquanto afirmação da História, como aposta radical na mudança e na transformação incessantes.

Já o tínhamos assinalado alguns tópicos atrás ("A poesia nos ensina a ver como se víssemos pela primeira vez"), mas faltava elucidar: a utopia só é pensável caso se admita que todas as coisas já tenham sido satisfatória e definitivamente vistas, caso se aceite que não haja mais o que ver e, sobretudo, que não haja outros modos de ver – hipótese firmemente repelida pela insubmissão do poeta, que naturalmente só sabe lidar com a variedade e o permanente dinamismo de suas imitações.

Muitos haverá que vejam, neste mundo globalizado em que nos é dado viver, neste mundo regido pelo dogma da Produtividade, do Lucro e do Consumo, o melhor dos mundos, a realização da utopia. Já outros o verão como antiutopia. Num caso e noutro, o resultado é o mesmo: não temos escolha. Eis aí a Verdade única do nosso tempo, como afiançam, e nem perdem tempo em discuti-lo, os filósofos e os educadores da república que nos coube.

Não seria o caso de voltar a indagar (enquanto isso for possível): para que serve a poesia? E repetir: a poesia nos ensina a ver como se víssemos pela primeira vez. A poesia nos ensina, portanto, a subverter permanentemente o já visto, no encalço da renovação e do aperfeiçoamento ilimitado, em eterno confronto com o simulacro de "perfeição" imposto pela idéia sectária e utilitarista de uma sociedade esvaziada de memória, consagrada ao consumo e à descartabilidade de todas as coisas. A História, enquanto este outro velho mito prevalecer, poderá confirmá-lo. Disso nos acercaremos no próximo capítulo.

2

Make it new

1

Detenhamos por um momento a atenção na banalidade de uma frase como "Amanhã será um novo dia". Caso esta venha a ocorrer, quaisquer que sejam o pretexto, a circunstância e as conotações, extremamente variáveis, ninguém pensará em premonição ou futurologia. A hipótese de um "novo dia" assenta com tal segurança no terreno da previsibilidade, que raramente chega a ser cogitada, como *hipótese*. A frase só será proferida em forma interrogativa por alguém que, em condições excepcionais, julgue estar vivendo o último dos seus dias, ou a véspera do Apocalipse. Fora daí, expressará a certeza de que, sim, haverá um novo dia, vale dizer a certeza de que teremos um novo dia – bem entendido, se estivermos aí para confirmá-lo. Mas, se não estivermos, outros o farão por nós. E sempre seguirá havendo um novo dia. Se não houver quem o confirme, então não haverá nada: nem hipótese, nem cogitação, nem tempo, nem realidade humana. Antes que isto se dê, e pode dar-se a qualquer momento, tornemos à frase banal e ao ponto de partida.

A certeza de que haverá um novo dia é um dado meramente ideativo, um construto da mente, habituada ao *in fieri* da temporalidade, a mente apetrechada de formas e modelos, no encalço da utópica certeza inabalável. Tal é a aspiração subjacente ao "modelo" (como todos os modelos, arbitrário), que fraciona o transcorrer temporal em intervalos de horas, por exemplo, ou dias. Nada disso, porém, guarda nenhuma relação com o dia efetivamente *novo*, que nos surpreenda com a sua real novidade – o dia que, ao deixar de ser hipótese ou construto mental, afinal se concretiza diante de nossos sentidos, tão logo se cumpra o intervalo previsto pelo modelo a que nos apegamos.

Novo dia, dia novo. O primeiro, mera hipótese, só é "novo" no enunciado, mera prestidigitação verbal. Na verdade, o novo dia da conjectura impregnada de certeza é um dia velho, igual a todos os precedentes, desde que entendido como pressuposto repetido *ad infinitum*. O segundo (não se sabe se graças tão-só à inocente inversão da ordem das palavras), este sim, pode de fato carregar a dimensão inexcedível da novidade anunciada pelo primeiro, desde que estejamos aptos não a confirmá-lo, pois isto só o congelará na condição de construto mental, mas a experimentá-lo e vivê-lo *hic et nunc*, como tal, isto é, como efetivamente novo. Só assim o tempo prosseguirá, para repetir indefinidamente as mesmas velhas formas... sempre renovadas.

O dia novo, ao contrário do novo dia, não é mera hipótese; por isso, não há plataforma segura na qual assente. O dia *novo* só o é porque deita raízes no húmus fertilíssimo, cambiável e insondável da imprevisibilidade, sem a qual a ilusória passagem do tempo equivaleria a inércia, esvaziamento de sentido, ausência de vida: a negação da História ou a utopia realizada, como a temos na *República* platônica.

Mas, antes que a divagação nos leve longe demais, assinalemos que o comentário atrás esboçado apenas tece umas voltas ligeiras em torno da antiga sabedoria que Confúcio (551–479 a.C.) foi buscar em Tching, fundador da dinastia Shang (1766 a.C.). Certa manhã (tal é o relato preservado por Confúcio), enquanto o sol começava a galgar o horizonte, Tching, no alto da montanha, logo após as orações matinais, teria gravado, na parede da tina em que costumava banhar-se, a célebre inscrição: "Novo Dia Dia Novo". Repetição, simetria, espelho, circularidade: o paradoxo vertido em expressão concisa.

A concisão pode avançar ainda um passo: "Novo Dia Novo". Neste outro arranjo, pouco mais concentrado, a repetição permanece, simplificada, e com ela mantêm-se a simetria, a circularidade e o espelho. Condensada, pela redução de quatro para três elementos, ou do quadrado para o triângulo, a expressão não perde: ganha o índice supremo da ambivalência e da ubiqüidade. O "Dia", agora mediador e vértice da construção (e não apenas um dos componentes que se repete, em cada metade), torna-se concomitantemente velho *e* novo. Velho na medida em que participa, como ponto de chegada, do movimento que se inicia com o primeiro "novo"; novo na medida em que simultaneamente assinala o ponto de partida do segundo movimento, que culmina com a verdadeira novidade. O Dia é o *mesmo*, agora no centro geométrico da figura; mas é também *outro*, já agora diante de nossos olhos atentos, isto é, depois de submetido à nossa capacidade de compreensão e expressão, que nos prepara para agir.

Condensada ou não, a inscrição de Tching, que tanto fascinou o espírito criador e irrequieto de Ezra Pound (1885-1972), parece estabelecer um vínculo firme e necessário entre o novo e (paradoxo!) o velho. Sem este, para lhe servir ao menos de contraste, o novo sequer poderá ser percebido como tal; sem o novo, por outro lado, e na mesma medida, o velho simplesmente deixará de existir. Um não subsiste sem o outro. O velho estagnado, que repudie o novo, decretará com isto sua própria extinção, ao passo que o novo radicalmente novo, sem relações com o que o anteceda (caso seja possível superar o impasse epistemológico aí implicado), condenar-se-á à condição de ato gratuito, lançado para fora do espaço e do tempo. Outro poeta, por acaso contemporâneo de Pound, já alertara:

> A novidade, em si mesma, nada significa, se não houver nela uma relação com o que a precedeu. Nem, propriamente, há novidade sem que haja essa relação. Saibamos distinguir o novo do estranho; o que, conhecendo o conhecido, o transforma e varia, e o que aparece de fora, sem conhecimento de coisa nenhuma.[1]

Confúcio retoma a questão em um de seus *Analectos*, repondo-a a partir de um ângulo precioso, o do ensino: "O homem que mantenha vivo o que é velho e, ao mesmo tempo, reconheça a novidade, esse homem pode, eventualmente, ensinar."[2]

Só nessas condições o homem será portador de alguma sabedoria e só assim terá de fato algo a ensinar. Mas (indaga Tze-Kung, discípulo de Confúcio) que homem é esse? Tal homem, na tradução de Pound, é o "*proper man*", o homem correto, respeitável, adequado. Não satisfeito com a resposta, Tze-Kung insiste: "E que vem a ser um homem adequado?". O Mestre responde: "O homem adequado é inclusivo e não sectário; o homem pequeno é sectário e não inclusivo"[3]. Ao exaltar a virtude, Confúcio realça o vício que lhe corresponde, o mais grave entre todos, o sectarismo, apanágio do homem incorreto ou inadequado, vale dizer o adepto fanático e exclusivo – seja do velho, seja do novo.

Este segundo comentário vai um pouco adiante, é verdade, mas basicamente reforça a perplexidade que se

---

1 F. Pessoa, *Páginas íntimas e de auto-interpretação*, texto estabelecido e prefaciado por Jacinto do Prado Coelho e Georg Rudolf Lind, Lisboa, Ática, 1966, p. 391.

2 Confucius, *The Great Digest, The Unwobbling Pivot, The Analects*, translation and commentary by Erza Pound, New York, New Directions, 1951, p. 199.

3 Idem, ibidem.

apossou da mente de Pound, quando, nas primeiras décadas do século XX, ao navegar por águas da antiga sabedoria chinesa, guiado pelas investigações de Fenollosa, Pauthier, Morrison e outros, topou com a inscrição atribuída a Tching e traduziu-a por "Make it new":

> Tching prayed on the mountain and
>   wrote MAKE IT NEW
> on his bath tub
>   Day by day make it new
> cut underbrush
> pile the logs
> keep it growing.[4]

新
日
日
新

Poucas frases tiveram destino tão auspicioso e ganharam tão larga popularidade quanto o brilhante achado poundiano. "Make it new", independentemente do sentido que se lhe atribua, espalhou-se pelo mundo, tornou-se moeda franca, espécie de ícone universal, emblema da Era Moderna[5]. Proposta desde o início como tradução da máxima

---

[4] E. Pound, *The Cantos*, New York, New Directions, 1971, Canto LIII, p. 265. Tradução literal: "Tching orou na montanha e / escreveu FAÇA-O NOVO / em sua tina de banho / Dia a dia faça-o novo / apare a moita / empilhe as toras / mantenha-o crescendo".

[5] O leitor interessado em confirmá-lo pode, de início, recorrer à World Wide Web, onde encontrará nada menos que 153.000 entradas (Google: 12/08/06) para o *slogan* famoso. Algumas têm que ver com Pound e Confúcio, ou com a modernidade literária, em geral; mas a maioria lida com (por ordem de aparição, só nas seis primeiras dezenas): aconselhamento financeiro; "haute cuisine"; negócios imobiliários; como instalar uma joalheria doméstica; como construir uma lareira ou reciclar brinquedos; propaganda de instituições de ensino; venda de "Philosophy T-Shirts" (?); tacos de bilhar; livros usados; a melhor maneira de esquiar ("ski it new") etc. Em todos estes casos, "Make it new" é o nome do site/empresa ou o inestimável benefício a ser adquirido/conquistado, graças aos milagres do produto oferecido.

confuciana, a frase foi ganhando, já a partir da primeira transposição, conotações insuspeitadas, algumas consideravelmente afastadas do sentido de origem. Mas só assim seria possível entender que o vislumbre de sabedoria, lavrado por Tching, mais de 3.700 anos antes, tenha vindo a ser adotado como "definição" de modernidade, no século XX. Parece que permanecemos no âmbito do paradoxo: desde Confúcio, e até antes, não haveria nada de novo, *em si*; novo só o será o que formos capazes de *ver e utilizar* como tal. Novo é o mesmo velho... renovado – a exemplo do milenar "Novo Dia Dia Novo", filtrado pela mente criadora de Pound.

Talvez seja instrutivo, então, examinar as relações possíveis, as explícitas e as latentes, entre a inscrição original e a tradução.

2

Dentre estimados 2.500 ideogramas disponíveis na escrita chinesa antiga[6], Tching escolheu dois, para expressar o vislumbre que teve certa manhã, ao concluir suas preces, no topo da montanha. O primeiro, de cima para baixo (tal como aparece, à direita dos versos de Pound) chama-se "hsing", combina dois símbolos, o da árvore e o do machado, e representa a transformação ou o "novo"; logo abaixo, "jih", símbolo do Sol, representa o "dia". Em seguida, os dois ideogramas repetem-se, invertida a ordem.

Pound traduziu o por "Make it new", o que parece justo, se aceitarmos que a tradução se limite a atualizar o nexo lógico (causal, digamos), implícito na inscrição original, deixando

[6] Como não tenho nenhuma familiaridade com escrita ideográfica chinesa, valho-me neste passo do ensinamento haurido na bibliografia especializada. Um bom começo, para o leitor disposto a refazer o percurso, pode ser *The Pound Era*, de Hugh Kenner (Berkeley, University of California Press, 1973).

subentendidos tanto os nexos restantes, que são em grande número, quanto o formato icônico da inscrição, que aliás não haveria como "traduzir" da escrita ideográfica chinesa para a escrita fonética do inglês ou de qualquer idioma similar. Ciente das limitações naturais, o poeta fez o que pôde.

Na frase conservada por Confúcio, a conversão do falso novo dia em genuíno dia *novo* de fato pressupõe a intervenção do olhar ou do espírito, que permite realizar ("*make*") a passagem. No centro da figura, entre os dois pares de ideogramas, e antes que se inicie o segundo movimento, inversão do primeiro, há uma pausa imperceptível. Sem essa pausa e essa intervenção, a frase não passaria de inócuo jogo de palavras ou de símbolos; sem a interferência do olhar atento e por isso renovador, o dia novo do segundo movimento seria tão falsamente novo quanto o novo dia do primeiro.

Intervir, interferir, realizar: *fazer*. Menos confiante que Confúcio, no que diz respeito à capacidade de percepção do leitor, Pound não admite dúvidas e ordena, peremptório: "faça-o novo". O dia, qualquer dia, nunca será novo em si e por si, só porque acaba de nascer, pujante do frescor da manhã, ou só porque as horas afinal transcorreram conforme o previsto. Esse dia é tão velho quanto os que o precederam e só será portador de novidade *se você o tornar novo*. Será este o sentido que a tradução poundiana atribui à máxima antiga?

Para Tching (para Confúcio, talvez não, como veremos adiante), basta a impessoal constatação do fato: dia novo. Para Ezra Pound, o que importa é a *ação* necessária para atingir, aparentemente, o mesmo propósito. "*Make* it new": fazer, tornar, converter, transformar; agir, intervir, participar; acrescentar ao mundo o timbre de uma presença pessoal, particularizada. É nessa dimensão que opera a brilhante intervenção de Pound. Caso alguém o questionasse ("Fazê-*lo* novo? 'Make *it*' – 'it', o quê? Como assim?"), Pound provavelmente recomendaria proceder como ele, que apanhou uma frase velha, "Novo Dia Dia Novo", e renovou-a.

Com isso, a tradução parece ajustar-se a uma possível intenção subjacente à frase. Com efeito, não será abusivo imaginar que em vez de "Novo Dia Dia Novo" Tching poderia ter escrito: "Não repita sua oração, mecanicamente, toda manhã; transforme-a, insuflando nela – *nessa mesma fieira de palavras, sempre as mesmas* – o melhor do seu espírito, o melhor do seu fervor; ore, toda manhã, como se fosse uma nova oração e uma nova manhã: *make it new*". Isto é, faça-o como se fosse pela primeira vez, a exemplo da máxima segundo a qual "a poesia nos ensina a ver como se víssemos pela primeira vez", examinada no capítulo precedente.

Ou então Tching poderia ter optado por deter a atenção nos tufos de grama a serem aparados ou nas toras a serem empilhadas e assim por diante, "day by day": não se dedique a nenhuma de suas tarefas como um autômato; embora sejam rotineiras e consabidas, empenhe-se nelas de modo que tenham sempre o sentido genuíno que brota da sua particular relação com elas. As ocupações do dia merecem o melhor de sua concentração e não o descaso do gesto mecânico, desatento, ausente. ("Sinto-me nascido a cada momento / Para a eterna novidade do mundo", como vimos páginas atrás.)

Ou ainda... Bem, estamos de volta ao comentário inicial. Seria o caso de prosseguir? Se Tching tivesse optado pelo rumo do comentário analítico, acima exemplificado, a madeira de todas as tinas de banho da dinastia Shang teria sido insuficiente para tão larga inscrição: não haveria como dar forma explícita a todos os subentendidos de "Novo Dia Dia Novo". Ainda que houvesse, seria, além de desnecessário, mero exercício de prolixidade, profundo desrespeito à inteireza e densidade do pensamento aí contido.

A tradução poundiana é justa, sem dúvida. Além disso, por trazer à tona a intervenção que produz a novidade factual, abre insuspeitadas perspectivas, uma das quais é a eventual dicotomização das esferas (a da ação e a da contemplação, digamos, para simplificar) que, na versão original, aparecem indissociavelmente ligadas, em plena e harmoniosa unidade.

Ao deter a atenção no machado, à direita da árvore, no primeiro ideograma, a consciência capta a noção abstrata de "fazer" e subsidiariamente a de "dever" (isto é, o dever de usar o machado para algum fim), o que aliás justifica a forma imperativa escolhida por Pound. Capta também a noção igualmente abstrata de "crescimento" ou de "renovação", seja da árvore, seja do homem – aquela porque aos poucos se robustece, propiciando melhores condições para a poda; este porque, aos poucos, também, desenvolve sua habilidade no manejo da ferramenta e a capacidade de compreensão do dever e da finalidade implícitos no seu uso.

Baixando o olhar na direção do segundo ideograma (mas, atenção: a percepção não precisa ser linear; pode principiar pela captação da figura como um todo para só depois desmembrá-la em partes, como pode ir e vir de um a outro nível, quantas vezes forem necessárias); seja como for, feito o esclarecimento, podemos adotar o caminho mais óbvio: *baixando o olhar*, a consciência depreende no símbolo do Sol outra noção abstrata, a da passagem cíclica do tempo. Além de ver o Sol brilhar no interior da delicada inscrição, a consciência vê, também, o dia, os dias, o tempo – ontem-hoje-amanhã, em seu fluir incessante.

Diante da seqüência de ideogramas (que aliás mimetiza a seqüência temporal, alheia à nossa presença), não temos dificuldade em intuir a espessa massa de conceitos e abstrações aí subentendidos. Tching registra o instante iluminado, na máxima condensação da *poien*, a visão criadora, ciente de que no âmago da seqüência, Novo-Dia-Dia-Novo, se entranha a *techne* responsável pela consecução do ideal vislumbrado.

A concretude de Árvore-Machado + Sol + Sol + Árvore-Machado articula-se de modo a formar uma cadeia abrangente, circularidade prenhe de um sentido que brilha intenso em cada parte e ao mesmo tempo ilumina o conjunto, em regime de estreita cumplicidade e dependência. Assim, graças à visão criadora, *poética*, o fazer, os afazeres, todas as intervenções humanas, propiciadas pela mediação da *técnica*, abrigarão sempre uma razão de ser, propiciada pela indissociabilidade das duas esferas.

Já "Make it new" oferece à consciência noções abstratas e indeterminadas (fazer, algo, novo), que privilegiam a *techne* e deixam subentendido o resto. Traduzida a visão original, que é de ordem contemplativa, para o pragmatismo generalizador e abstrato de "Faça-o novo"; privilegiada a *techne*, ficando apenas implícita a *poien* que lhe daria sustentação; substituída pela ordem imperativa, ou pela obrigação, a noção de "dever", que ficaria igualmente implícita; e assim por diante – haverá ainda a garantia de que a circularidade, a seqüência abrangente, a cumplicidade das esferas – a *razão de ser*, em suma – estejam sempre e necessariamente presentes?

Na visão original, o fazer, anunciado pela presença concreta de um utensílio como o machado, há de multiplicar-se numa série ilimitada de intervenções (aparar os tufos de grama, empilhar as toras, banhar-se etc.), de modo que todas elas, isoladamente e em conjunto, quaisquer que sejam, estarão impregnadas do sentido primordial. Na passagem para "Make it new", as intervenções continuam a ser em número ilimitado, conforme pressupõe a abstração do objeto escolhido, o neutro "it", que pode remeter a algum utensílio como o machado, ou a qualquer outro – ou a tudo quanto ocorra à livre-iniciativa de quem acate a ordem: "Faça-o novo". Caso se trate apenas de *indeterminação* do objeto a ser renovado, o vínculo entre as duas esferas será mantido; mas a tradução-adaptação poundiana abre a possibilidade de um fazer que se multiplique *indiscriminadamente*, desobrigado de remeter, a cada vez, à visão de origem, isto é, um fazer comprometido, agora, tão-somente com o eventual *sentido em si* do ato isolado, granular, e não com o sentido comum propiciado pela cadeia, da qual o ato abdica de participar, uma cadeia que talvez tenha simplesmente deixado de existir.

Aceitemos que, mesmo privilegiando a *techne*, a tradução tenha conseguido preservar, subentendida, a *poien* de que aquela se origina e que lhe dá sustentação. O que não haveria como preservar, isto é, fazer migrar para o inglês ou para qualquer dos nossos idiomas fonéticos, é a peculiar atitude espiritual que levou esse notável Tching a não incluir na inscrição famosa nenhuma marca pessoal, salvo o subentendido segundo o qual a inscrição seria sempre atribuída a ele e só a ele. Mas "não incluir" não é o mesmo que "excluir": assinalar o índice de sua presença pessoal não faz parte dos propósitos de Tching, sequer enquanto marca subentendida.

É surpreendente (para nós, modernos, e até, quem sabe, também para Confúcio) que Tching tenha abdicado de marcar a inscrição com seu timbre pessoal. Imerso no silêncio do alto da montanha, a sós com sua mais secreta intimidade, mergulhado no recolhimento da meditação, Tching teria pleno direito – julgamos nós, irremediavelmente modernos – de escrever "Eu..." e prosseguir nesse rumo – o rumo, aliás, que, tantos séculos depois, como veremos nos próximos capítulos, conduzirá ao isolamento do poeta moderno. No entanto, ao que se supõe, Tching sequer cogitou dessa possibilidade e por isso "não incluiu" sua marca pessoal; *ergo* ele não tinha o que "excluir". O que fez, isto sim, provavelmente sem hesitar, foi escrever "Árvore-Machado-Sol...", isto é, ateve-se a objetos visíveis, realidades do mundo exterior, auto-referenciadas, e isso lhe permitiu registrar, com fidelidade (paradoxo, cremos nós), a *sua* intuição personalíssima.

Dezoito séculos antes de nossa era (mas não seria preciso avançar tanto: doze séculos antes de Confúcio), Tching não alimentava nenhuma dúvida quanto ao lugar ocupado pelo homem na realidade circundante: apenas um entre os mais, parte integrante de um todo que *aí* está, oferecido quer à ação, quer à contemplação. Contemplar ou agir, e o que daí resulte, não se distinguem substancialmente da série inumerável de objetos e eventos que integram a *empeiria*, o mundo empírico. Por isso, "Novo Dia Dia Novo" diz respeito *também* ao ser humano; diz respeito *também* à pessoa particular à qual se atribui a autoria da inscrição, mas nada disso é merecedor de destaque. Caso o fosse (e virá a ser), aquela integração da parte no todo já não seria possível.

O lugar ocupado pelo homem... Aí talvez resida uma das chaves para o bom entendimento da célebre tradução poundiana, ou da vitoriosa fortuna do "Make it new", como emblema definidor da modernidade.

3

A inscrição de Tching interessa a Confúcio na medida em que lhe permite assinalar os nexos de dependência entre o novo e o velho, a circularidade, as relações entre a parte e o todo, a cumplicidade das esferas, a cadeia prenhe de sentido – conforme vem sendo exposto. Já a impessoalidade da inscrição não contaria com seu endosso, não ao menos o endosso incondicional. Confúcio não parece especialmente interessado na Natureza, nas coisas em si, ou no homem como coisa entre coisas. O lugar do homem, para Confúcio, é entre os seus semelhantes – na família, no trabalho, nas obrigações para com os governantes, as instituições e o Estado. Foi a esse domínio, o da Ética e da Política, que Confúcio dedicou sua vida, e não aos domínios da Cosmologia, da Religião ou da Metafísica. Confúcio tem, dos homens e do Mundo, uma visão muito pragmática, avançadíssima para seu tempo – como se vê, por exemplo, na importância por ele atribuída ao autoconhecimento:

> A inteligência se desenvolve por meio do processo que leva cada um a olhar diretamente para dentro do seu próprio coração, a fim de agir com base no que aí encontrar. [...]
> O homem verdadeiro deve encarar de frente o seu coração.[7]

Caso não os separasse o largo intervalo de doze séculos; caso Tching tivesse chegado a conhecer os ensinamentos de Confúcio, é possível que não escrevesse "Novo Dia Dia Novo", em sua tina de banho, mas talvez uma das frases acima, ou qualquer outra, dentre as tantas que o sábio dedicou ao "coração" e à vida íntima, pessoal – já que foi disso mesmo que se tratou, naquela manhã de 1766 a.C., enquanto Tching rezava, no alto da montanha: encarar de frente o seu coração.

No mesmo rumo, Tching poderia ter adotado o fragmento atribuído a Heráclito (c. 550–c. 480 a.C.) "O Sol é novo todos os dias". Caso o endossasse, e caso dispusesse de uma escrita fonética apta a dar representação precisa às abstratas maquinações do *logos* separado da *empeiria*, e portanto liberto do "peso" ornamental dos ícones e símbolos figurativos da escrita ideográfica, ele talvez optasse, para ser mais explícito, pelo ensinamento de Protágoras (486–404 a.C.), "O homem é a medida de todas as coisas", ou pelo de Sócrates (470–399 a.C.), "Conhece-te a ti mesmo". Confúcio certamente o aprovaria. Se levasse adiante sua incursão no tempo e chegasse até os Seiscentos, já na nossa era, Tching aceitaria de bom grado a afirmação de Descartes (1596–1650):

---

[7] Confucius, op. cit., pp. 27 e 47. "Coração", neste contexto, não deve ser associado a sentimentos e afetos, mas sim a "memória" (latim, *cor-cordis*, v. gr. "saber de cor"), vale dizer a consciência capaz de conservar e rememorar/reviver a experiência verdadeiramente valiosa.

"Cogito ergo sum". Se avançasse um pouco mais, mas sem arredar pé do alto da montanha onde se encontrava, teria cravado de uma vez: "Faça-o novo", poupando assim a Ezra Pound, 3.700 anos depois, o invulgar esforço.

Em suma, a ênfase que a tradução poundiana coloca no pragmatismo da ação pessoal não seria endossada por Tching, mas não é de todo estranha ao genuíno pensamento de Confúcio, bem como à tradição que daí se origina, em estreita associação com os primórdios do pensamento grego, matriz aparentemente inesgotável de um tipo muito peculiar (novo) de civilização – esta nossa, dita ocidental – que desde o início do século passado parece estar maciça e definitivamente seduzida pelo poder aliciante do "make it new".

A bem dizer, não é só "desde o início do século passado". Ao traduzir "Novo Dia Dia Novo" por "Make it new", Ezra Pound não introduziu entre nós nada que a velha realidade do Ocidente já não conhecesse e praticasse, de longa data – pelo menos desde que a alma romântica, um século e meio antes, divisara o território até então inexplorado da vida interior, ao mesmo tempo em que descobria o encanto da cor local e das circunstâncias singulares, vale dizer todo um mundo novo, diferente do velho mundo balizado pelas generalidades universais dos antigos.

No tempo que antecede a guinada romântica, entre os séculos XVIII e XIX, jactâncias como a de Camões (1524?-1580), ainda no XVI, são raras: "Cesse tudo o que a Musa antiga canta, / Que outro valor mais alto se alevanta"[8]. Antes da reviravolta romântica, o que predomina é a aceitação de que o máximo a que o homem pode aspirar é reproduzir, pela imitação, os modelos antigos, fixando no passado

[8] Luís de Camões, *Os lusíadas*, ed. org. por Emanuel P. Ramos, Porto, Porto Editora, s.d., c. I, est. 3, p. 53.

o ideal a ser atingido. Os clássicos almejam quando muito a semelhança, não a diferença. Antes do esforço libertário dos românticos, a história dos eventos singulares, individual e coletiva, não contava ou contava pouco. Mas a partir do Romantismo, o que passa a contar é exatamente a circunstância irrepetível, o momento presente, em que começa a ser escrita uma nova História, desconhecida dos antigos. A alma romântica anseia pelo novo, pelo gesto original, pelo traço distintivo, pela *diferença*, em suma, de modo que o ideal a ser agora atingido não se localiza mais no passado, mas no porvir. O novo rumo aponta para o futuro, em permanente construção.

Nos seus primórdios, porém, o espírito romântico ainda oscila: ora privilegia esse novo rumo, ou seja, a originalidade e a diferença, ora tenta conciliá-lo com os valores tradicionais, secularmente consagrados, na esteira da clássica afirmação de Samuel Johnson (1709-1784), segundo a qual "a originalidade é excelente, desde que não exclua seu contrário", afirmação esta exemplificada pelo mesmo Doutor Johnson, em seu comentário a determinadas estrofes do poeta neoclássico Gray: "são originais, para mim; nunca vi antes essas noções em outro lugar; apesar disso, tendo contato com elas, qualquer um se deixará persuadir de que sempre as sentiu"[9]. Será preciso aguardar até a segunda metade do século XIX, para que o novo e a originalidade se imponham enquanto foco privilegiado, como no momento precioso em que, no bojo da segunda Revolução Industrial, Baudelaire detectou (e justamente em quem, Victor Hugo!) certo atraente "frisson nouveau", o mesmo momento em que, por exemplo, os impressionistas se deixavam maravilhar pela incidência da luz e pelas possibilidades

[9] Dr. Johnson, *Lifes of the poets*, III, p. 442, apud M.H. Abrams, *The mirror and the lamp: romantic theory and the critical tradition*, New York, Oxford University Press, 1973, p. 65.

insuspeitadas que daí brotavam. É então que deslancha a modernidade.[10]

Nesse rumo, portanto, o "Make it new" poundiano corresponde à exacerbação do grande ideal romântico. A novidade, nas primeiras décadas do século XX (diferença de grau, não de essência), é a radicalização, a desusada importância que a partir daí se passa a atribuir à idéia antiga; ou, ainda, a presteza com que o mundo moderno arroga para si a "descoberta" do fato e se rende ao fascínio da frase, adotando-a como lema exclusivo.

O velho, o novo... Na mesma altura em que Pound ensaiava seu gesto radical, outro poeta anglo-americano, T. S. Eliot (1888-1965) ponderava, com surpreendente moderação e invulgar acuidade:

> O que acontece quando uma nova obra de arte é criada é algo que afeta simultaneamente todas as obras de arte que a precederam. Os monumentos existentes formam, entre si, uma ordem ideal, modificada pela introdução entre eles de uma nova (realmente nova) obra de arte. Antes do surgimento da nova obra, a ordem existente constitui uma completude; para que essa ordem persista após a aparição da novidade, o *todo* da ordem existente precisa ser alterado, ainda que minimamente, assim como as relações, as proporções e os valores de cada obra de arte devem reajustar-se em face do todo; e isso traduz a conformidade entre o velho e o novo. [...] O passado deve ser alterado pelo

---

10 Uma boa incursão nesses e outros antecedentes da modernidade encontra-se em *The innocent eye: on modern literature and the arts*, de Roger Shattuck (New York, Simon & Schuster, 1984), ou no volume coletivo *Modernism: 1890-1930*, organizado por Malcolm Bradbury e James McFarlane (Middlesex, Penguin Books, 1981), ou ainda em *Tudo que é sólido desmancha no ar*, de Marshall Berman (trad. bras., São Paulo, Companhia das Letras, 1986).

presente, na mesma medida em que o presente é moldado pelo passado.[11]

As circunstâncias, porém, foram amplamente desfavoráveis a que essa espécie de moderação (aliás, de raízes confucianas) sequer chegasse a rivalizar com o apelo formidável do radicalmente novo. As mentes apressadas ou oportunistas não hesitam, desde então, em aplicar a T. S. Eliot o rótulo de "conservador", ao mesmo tempo em que elegem Ezra Pound como o campeão imbatível do "avanço" e do "progresso", reduzindo a um maniqueísmo pueril a complexidade das questões envolvidas. A conjugação de fascínio e arrogância que daí resulta foi tão intensa, e tão reveladora da "verdade" definitiva pela qual há séculos ansiávamos, que até hoje, ao que parece, a ordem emblematizada no "Make it new" ainda vigora, inquestionável, embora seu âmbito predileto, no nosso tempo, seja a mixórdia do consumismo, a descartabilidade de todas as coisas, e não as altas paragens a que o poeta dos *Cantos* pretendera destiná-la. A própria arte moderna, em várias de suas manifestações, não tem conseguido (por vezes nem sequer almejado) manter-se imune aos efeitos dessa degradação. Os dias globalizados que vivemos, enfim, sob o império da alta tecnologia, do *diferente* a todo custo, da banalização do novo, da entronização da "experiência" atomizada, sem antes nem depois, assim como da dominação sem fronteiras, são ao mesmo tempo a prova e a causa, assim como a justificativa para seguirmos obedecendo, sem hesitar, à ordem formulada por Pound.

"Make it new" (podemos recuar um pouco mais) é a formulação feliz da aspiração milenar que, desde Protágoras, nos acompanha e nos forma. Se o homem não é apenas um

---

[11] T. S. Eliot, "Tradition and the individual talent", in *Points of view*, London, Faber&Faber, 1941, pp. 25-26.

dentre os demais seres viventes, mas ocupa no Mundo o lugar privilegiado que lhe permite arvorar-se em "medida de todas as coisas", então há que transformar radicalmente esse Mundo, a fim de torná-lo inteiramente outro, reduzido à medida humana. Para que Pound chegasse ao emblema definidor, não teria sido necessário ir buscar àquele mundo exótico e enigmático (a China de tantos séculos atrás) nada além de pretexto. A não ser que esse mundo onde se originou a inscrição "Novo Dia Dia Novo", com o lugar, para nós, tão surpreendentemente modesto aí reservado para o homem, tenha passado a representar uma aspiração ainda maior.

Tal aspiração teria começado a germinar, quem sabe, entre Confúcio e Protágoras, na passagem do *mythos* para o *logos*, ou do *logos* "mítico", que concebe o homem como ser incluído na *physis*, para o *logos* "noético", a partir do qual o homem é concebido como ser à parte.[12] *In illo tempore*, o sentimento de que o homem é apenas um ser entre os mais é fato vigente, cotidianamente vivido e confirmado, tal como o registra a inscrição de Tching, ao lado de tantas outras tradições, no Oriente e no Ocidente. A partir de Confúcio, talvez, ou de Protágoras, aí sim, pode ter começado a se formar na *memória* do fato desfeito a aspiração maior do retorno à origem – uma aspiração recessiva, já se vê, certamente desprezada pela maioria dos homens, que, de Protágoras em diante, passam a ver nessa miragem empequenecedora (o homem, simples coisa entre coisas) nada mais que mito e superstição, vestígio de uma era arcaica definitivamente superada. A maioria dos homens passa a empenhar-se, com orgulho, na saga gigantesca anunciada na "verdade" proposta pelo filósofo pré-socrático.

---

[12] O leitor encontrará em Werner Jaeger, *Paideia: a formação do homem grego* (trad. port., Lisboa, Aster/Herder, s.d., pp. 171-180 *passim*) e em *Os filósofos pré-socráticos* (ed. org. por Gerd A. Bornheim, São Paulo, Cultrix, 1967, pp. 7-16) excelentes explanações sobre *physis*, *mythos* e *logos*.

"O homem é a medida de todas as coisas" quer dizer, então: todas as coisas devem ser submetidas à sua vontade e ao seu domínio.

Mal germinado, dessa forma ou de outra qualquer, o sonho recessivo da re-integração do homem no Mundo, sonho de artistas e poetas, revela-se de imediato aspiração irremediavelmente perdida. Tantos séculos depois, Pound registra, ao mesmo tempo, a persistência da aspiração e a impossibilidade de que esta se realize. "Make it new", por volta de 1930, traduz o legítimo orgulho, pouco mais, pouco menos arrogante, do homem moderno capaz de se altear, soberano, sobre o Mundo em redor, para transformá-lo todo, vale dizer subjugá-lo por inteiro, graças à prodigiosa multiplicação e ao ilimitado aperfeiçoamento dos seus machados, aptos agora a desbastar todas as árvores, a podar toda a grama, a empilhar todas as toras; aptos a mudar o curso do Sol – tão monótono, previsível – se preciso for. Ou, até, se nem preciso for: cravar a marca do Homem no olho do descomunal círculo de fogo, outrora dito "Astro-Rei", já será razão suficiente. Faça-o novo!

4

Assim como trouxemos o velho Tching para perto de Protágoras, depois para perto de Sócrates e até de Descartes, sem danos visíveis para a clareza da explanação, podemos repetir a experiência, imaginando agora que algum sagaz e ousado discípulo de Confúcio tivesse empreendido saltos semelhantes – sem se afastar da província de Lu, sem viajar no tempo, mas graças tão-somente à sua aguda percepção das várias camadas de sentido subjacentes às lições do Mestre.

Tendo refletido sobre a máxima do "homem adequado", que adere ao novo mas ao mesmo tempo mantém vivo o velho – máxima da qual discorda, com veemência; tendo extraído do fundo de seu coração o que lhe pareceu o verdadeiro sentido da inscrição de Tching, o discípulo travaria com Confúcio o diálogo que segue.

– Mestre, não lhe parece que o entendimento correto de "Novo Dia Dia Novo" deveria ser "Faça-o novo"?

– Ah, curioso entendimento este! Deve ter-lhe custado grande esforço. Fazer, "Faça-o"... Sim, você parece estar no caminho certo. Mas, se assim for, não bastaria fazê-lo, e fazê-lo bem? O resultado sempre será, além de necessário e valioso, inescapavelmente novo. Não é preciso preocupar-se com a novidade, esta acontecerá naturalmente.

– E se o que eu fizer for só necessário e valioso, mas não novo?

– Gostaria que me mostrasse algo assim; não conheço nada que preencha tais requisitos.

– De qualquer modo, o ponto não é esse, o ponto é: meu coração pede algo novo.

– Ainda que não seja necessário nem valioso?

– Direi então que a novidade, em si, atenderá ao quesito da necessidade: todos nós necessitamos de algo novo; e o valor da coisa nova consistirá precisamente na novidade.

– Talvez... Mas com isso você não concederá ao novo a fortuna de envelhecer, isto é, amadurecer e estabilizar-se. Uma vez criado, esse novo, gerado pela necessidade da novidade e pela suposta valia, em si, da mesma novidade, precisará ser de imediato substituído por outro, de igual teor, e logo outro e mais outro, instalando-se assim o império da instabilidade.

– Não importa! A busca pelo novo não só aceita como almeja conviver com a instabilidade. Estabilidade é a eterna desculpa dos medrosos, que se apegam ao que atingiu a rigidez senil. Mas o Mestre me desconcerta e me desvia do ponto.

– Qual é seu ponto, então?

– O ponto é que a novidade ensinada e autorizada pelos

antigos será sempre algo parcial, novidade acuada, impedida de verdadeiramente inovar, até as últimas conseqüências. Isto não significa atribuir ao velho a primazia e o comando?

– Você o viu e expressou bem.

– Mas então isso não serve.

– Não serve para quê?

– Não serve para o coração realmente inovador, para o indivíduo que se vê condenado a reduzir seus anseios aos limites impostos pelo velho. Por que eu não poderia romper com esses limites e criar algo inteiramente novo?

– Claro que pode! Não sei de nada velho e de nenhum limite que o impeça.

– Então não compreendo.

– Compreende, sim. O que o perturba não são os limites representados pelo velho, mas, isto sim, a sua necessidade de aprovação e reconhecimento. Isto é um contra-senso. Você pretende contrariar o velho mas faz questão de ser reconhecido e aprovado por esse mesmo velho. Ainda será velho o velho capaz de aplaudir, de bom coração, o novo? O novo precisa da aprovação de quem quer que seja? Por outro lado, os limites que o incomodam tanto não são impostos pelo velho, mas pela aspiração do novo a fazer sentido. Isto é, para que seja necessário e valioso e para que faça sentido, o novo precisa de limites. O ilimitado é o carente de sentido. A propósito, você falou, há pouco, em "inovar, até as últimas conseqüências". Terei ouvido bem?

– Correto. Esse é o meu propósito, aliás condenado *in limine*, pelo axioma do "homem adequado".

– Aí parece esconder-se outro contra-senso. A ousadia inovadora, como você a imagina, representará sempre algo provisório, experimental (não é isso mesmo o que tanto o atrai, a experimentação?), à espera portanto de se efetivar. Assim, a verdadeira "última conseqüência" almejada pelo seu propósito será deixar de ser experimento provisório.

Perpetuá-lo como tal não é ir às últimas conseqüências, mas arrogar-se o direito de glorificar esboços e rascunhos, como se leviandade e arrogância fossem uma virtude. Você pretende que suas tentativas sejam aplaudidas pelo fato de trazerem novidade ou pelo seu valor intrínseco?

– Como assim?

– Inove, mas dentro dos limites existentes. A novidade criada passará aos poucos a integrar os novos limites. Assim que estes se delineiem no horizonte, o novo atingirá a rigidez da senilidade, como você bem observou, mas antes terá gerado bons frutos, se o que você tiver criado for necessário e valioso. Assim, os que vierem em seguida poderão beneficiar-se dos novos limites que você ajudou a ampliar, e as coisas seguirão, sucessivamente, sempre novas. Compreende?

– Compreender, talvez compreenda. Mas não estou convencido.

– Então, experimente inventar algo radicalmente novo... Não afirmo que isto seja impossível (o dia de amanhã poderá desmentir-me), mas garanto-lhe nunca ter havido nada assim. Tudo quanto chega à existência é reaproveitamento do que já existia. Mesmo assim, admitamos que você crie algo de tão inusitado teor: nada que o limite, nada que se lhe compare e, portanto, também, nenhum limite a oferecer à geração vindoura, salvo o vazio da ausência de limites.

– E daí?

– E daí, ou você terá criado a Obra Definitiva, condenando o tempo, a transformação e a História à paralisia total; ou terá criado apenas uma futilidade presunçosa, condenando as gerações a seguir repetindo *ad nauseam* a gratuidade desse novo auto-erigido em valor em si, quando é apenas parceiro, aliás, imprescindível, do processo comum que leva à criação de todas as boas obras. E esse processo, você bem o sabe, só deverá ser interrompido quando a

Perfeição for atingida. Torço para que você ou alguém o consiga, mas torço também para que não seja enquanto eu estiver de olhos abertos e respirando: seria a morte em vida.

– Agora já não lhe compreendo as palavras, Mestre.

– Insisto em julgar que compreende, sim. O que você pretende não é criar algo inteiramente novo, mas algo que não possa ser avaliado senão pela tautologia do pseudocritério, gerado pela obra inusitada que você tenha trazido ao Mundo. E, ao mesmo tempo, algo que lhe sirva de pretexto para desobrigá-lo de conhecer o que existe, para só depois pensar em inovar. É o que você pretende? Espero que não, pois isso não passa de arrogância, disfarçada pelo capricho da novidade absoluta. Criar algo apenas parcialmente novo, que venha a ser avaliado pelos critérios existentes (aos quais se adicionará, sem dúvida, a novidade que você trouxer), isto não lhe serve? Então, crie a Obra Perfeita e Definitiva, nada o tolhe. Mas não atribua à novidade, em si, a condição para o conseguir. Nem culpe o velho por impedir que chegue lá.

– Não sei, Mestre... Minha razão talvez não seja capaz de rebater a sua, mas meu coração diz que não devo concordar.

– Que seja, não vejo mal nenhum em suas palavras. A não ser que... Repare, o Sol já se põe, amanhã teremos um novo dia – ou um dia novo, se você o consentir, dando alguma trégua a esse aflito coração, de onde brotam sombras e ansiedades demasiadas.

5

O velho sábio, já se vê, foi irredutível: o ousado discípulo não conseguiu demovê-lo de suas arraigadas convicções. Mas a recíproca também é verdadeira: a velhice não tem o monopólio da irredutibilidade. E o tempo lhes deu razão – a ambos. Confúcio legou a seu país e a seu povo ensinamentos que prevaleceram por 2.500 anos.[13] Necessários e valiosos (caso contrário não teriam prevalecido), não se sabe por quanto tempo esses ensinamentos conservaram o frescor da novidade ou a partir de quando se converteram em obediência servil, imobilismo e tirania. O discípulo estava certo, mas foi preciso aguardar que outra cultura e outra civilização se desenvolvessem, para confirmá-lo.

Parece ter havido um tempo longínquo, registrado na inscrição de Tching, em que o necessário e o valioso constituíam sólida virtude comum a toda a sociedade, a todos os Homens e a todas as atividades humanas, um tempo em que a vida coletiva era um só corpo, coeso e integrado, homens entre homens, o Homem entre as coisas naturais. Doze séculos depois, cinco séculos antes da nossa era, só o esforço de Confúcio foi capaz de preservar, de alguma forma, a memória desse tempo. Daí por diante, esse mito passa a ser prerrogativa da arte e da poesia de aspiração humanista.

Entre nós, há mais de vinte séculos, tal coesão e tal integração de fato não passam de mito, presente em alguma arte e alguma poesia, sugerido pela teimosa e intermitente revivescência da *poien*, em meio à *techne* que nos governa. Nossa civilização não tem conhecimento de nenhuma *virtù* universal, capaz de orientar em outros rumos o contínuo aperfeiçoamento das ciências e das técnicas, cada vez mais especializadas, sem as quais não conseguiríamos realizar nosso propósito de reduzir o Mundo à nossa medida. Como assevera Lewis Mumford (1896-1990), "o homem do Ocidente vem-se empenhando em viver num mundo não histórico e impessoal, um mundo de matéria e movimento, um mundo

---

[13] Séculos de experiência prática em confucionismo (autodisciplina, temperança, equilíbrio entre os extremos etc.) parecem ter desempenhado papel de relevo no recente e extraordinário crescimento econômico da China, hoje superpotência, perfeitamente adaptada às regras da globalização ditadas pelo Ocidente.

sem valores, salvo o valor das quantidades, um mundo de sucessões causais e não de finalidades humanas".[14]

Para nós, desde a origem, o necessário e o valioso são decididos segundo critérios técnicos, em razão não de "finalidades humanas", mas de fins imediatos, específicos, a serem atingidos por meios que variam ao infinito e se equivalem, esvaziados de qualquer sentido propriamente humano. O único sentido capaz de prevalecer; o único "valor" inquestionável, tal como o antevira o sagaz discípulo de Confúcio, aí está, estampado na fórmula poundiana: "Make it new".

Pound talvez tivesse em mente a gigantesca tarefa que então se oferecia a artistas e poetas modernos, as "antenas da raça": inovar radicalmente, a fim de que arte e poesia viessem a sintonizar com o mundo contemporâneo, mergulhado em prodigiosas transformações. Mais do que definir um programa de arte, porém, ou um ideal a ser atingido, "Make it new" confirma e legitima o que os meios de produção do mundo capitalista já haviam adotado, tempos atrás, como condição de sobrevivência do sistema assim concebido: produção em escala industrial, cujo apogeu é a economia globalizada, o que significa entronizar o avanço, a mudança incessante e a expansão sem limites, como valores em si, impostos pela *techne*, independentemente de quaisquer "finalidades humanas".

Ao analisar esse processo, do ângulo da produção artística em regime de "indústria cultural", Yves Michaud observa:

> Essa industrialização, essa comercialização e essa circulação em larga escala tendem a favorecer novos modos de relacionamento com as obras e novas formas de experiência estética. A extensão dos livros diminui; o papel da escrita

---

[14] L. Mumford, *Art and technics*, New York, Columbia University Press, 1952, p. 16.

> diminui; a capacidade de atenção diminui; olhamos distraídos, só fazemos zapear e escanear; em música tecno há técnicas de *sampling* e ouvimos trancados numa cabine, bolha de som, individual; o turismo situa-se, freqüentemente, na base da experiência estética, fornecendo-lhe o pretexto. De modo geral, eu diria que a experiência estética se torna flutuante, instável e encapsulante.[15]

Nesse contexto, é compreensível que a ordem decretada por Pound tenha sido imediatamente acatada, não porque contivesse alguma atraente "novidade", mas por endossar o que todos sabiam, embora alguns o temessem e disfarçassem. "Make it new", no caso de artistas e tendências que aí divisaram uma perspectiva promissora, abriu caminho para a exacerbação da experimentação técnica, ou para a hipervalorização de meios, recursos, formas, materiais, suportes etc. – "ferramentas", em suma, que precisam ser substituídas por outras, cada vez mais "avançadas".

Os que enveredam por esse rumo, pondera Wladimir Weidlé (1895-1979), "no mais das vezes, substituem a criação pela ginástica verbal, e a arte plena, pela demonstração de suas possibilidades abstratas – como certos pintores cubistas, quando tentam substituir o quadro, que desdenham pintar, pelo inventário dos procedimentos que julgam necessários para a sua criação".[16]

Assim concebida, a produção artística, moderna, ou se enclausura no reduto rarefeito da hipersofisticação hermética, incomunicável, ou, no outro extremo, opta por disputar espaço, sempre em desigualdade de condições, com a

---

[15] "L'homme vu à travers l'art", conferência proferida em 09/09/2004, na Universidade São Marcos, SP. (Cf. também Y. Michaud, *L'art à l'état gazeaux: essai sur le triomphe de l'esthétique*, Paris, Hachette, 2003.)

[16] W. Weidlé, *Les abeilles d'Aristée: essai sur le destin actuel des lettres et des arts*, Paris, Gallimard, 1954, pp. 108-109.

parafernália tecnológica e o poder econômico da indústria da moda, da comunicação de massa e do entretenimento, sob a égide do consumismo e do culto à descartabilidade. Num caso e noutro, o resultado faz pensar em autodestruição. Ou em destruição da *poien* responsável pelo mito milenar da re-integração do Homem no Mundo, que só seria possível entrever no sentido humano posto a circular pela obra e não no teor mais "avançado" das ferramentas de que o artista se utilize.

Tão logo se instala o processo, por volta da metade do século passado, e tendo constatado a rápida disseminação da ordem que Pound foi buscar em Tching, Mumford põe ênfase nesse aspecto (auto)destrutivo: "Ordem exterior, caos interno, racionalismo exterior, irracionalidade interior. Nesta civilização da máquina, impessoal e hiperdisciplinada, tão orgulhosa de sua objetividade, a espontaneidade assume freqüentemente a forma de atos criminais e a faculdade criadora encontra sua principal válvula de escape na destruição."[17]

Não seria redundante assinalar que o mito da re-integração do Homem no Mundo se torna, então, obsoleto?

O fato a destacar é que a exacerbação do novo, com a inevitável saturação que daí decorre, não tarda a decretar a obsolescência *de tudo*. Não só o velho, mito ou não, é sumariamente dado como obsoleto, mas o novo também, por mais avançado que seja ou pareça, tão logo se manifeste, torna-se entulho. Beco sem saída, imobilismo; espaço fechado, no interior do qual, paradoxalmente, a novidade saturada continua a se mover, insaciável, autofágica. Sem saída, já se vê, se o considerarmos à luz dos mitos pretéritos, como o faz Mumford. Mas, debaixo de outra luz (mito presente?), a saída aí está: a re-integração conquistada,

[17] L. Mumford, op. cit., p. 14.

a nossa realidade pós-moderna, finalmente livre das armadilhas do Tempo. Enquanto o Velho teima em lamentar a perda, o Novo desfruta, com inocência, sua realização plena e definitiva.

Com outro olhar, menos irônico, embora não menos severo, Octavio Paz pondera, em uma das célebres conferências que proferiu em Harvard, em 1972: "O tempo moderno é o tempo da cisão e da negação de si mesmo, o tempo da crítica. A modernidade identificou-se com a mudança, identificou a mudança com a crítica e as duas com o progresso".[18] Na seqüência, o escritor mexicano recenseia as grandes conquistas da arte moderna e assim resume o itinerário que conduzirá ao fim das vanguardas:

> Cada movimento artístico negava o precedente e, através de cada uma dessas negações, a arte se perpetuava. Somente dentro do tempo linear a negação podia desenvolver-se de maneira plena e somente em uma idade crítica como a nossa a crítica podia ser criadora. Hoje, somos testemunhas de outra mutação: a arte moderna começa a perder seus poderes de negação. Há anos suas negações são repetições rituais: a rebeldia foi convertida em receituário, a crítica em retórica, a transgressão em cerimônia. A negação deixou de ser criadora. Não quero dizer que vivemos o fim da arte: vivemos o fim da idéia de arte moderna. [19]

Convém sublinhar que a tese do esgotamento das vanguardas, assim exposta por Octavio Paz, data de mais de trinta anos, quando não se falava ainda em pós-modernidade e a questão não havia sido tão amplamente debatida, como chegou a ser nas décadas seguintes. Bem por isso,

---

[18] O. Paz, *Os filhos do barro: do romantismo à vanguarda*, trad. bras., Rio de Janeiro, Nova Fronteira, 1984, p. 189.

[19] Idem, p. 188-189.

sua atualidade é intermitentemente destacada, como neste comentário, do jovem pensador Luc Ferry:

> Animado por uma única obsessão – a busca da originalidade e da novidade enquanto tais –, o modernismo pendeu para seu contrário, a simples repetição vazia e melancólica do gesto da inovação pela inovação. A ruptura com a tradição torna-se ela própria tradição, "tradição do novo", por certo, para retomar a expressão de Harold Rosenberg, mas ainda assim tradição e, segundo Paz, uma tradição hoje vazia de sentido e de conteúdo.[20]

6

Assim como Louis Pauwels e Jacques Bergier, esses controvertidos investigadores do insólito, imaginaram em seu livro famoso "um cavaleiro das cruzadas que regressasse à nossa época",[21] imaginemos de nossa parte, no fecho deste excurso confúcio-poundiano, que o velho Tching saltasse da placidez do alto de sua montanha, em 1766 a.C., para a agitação de qualquer praça no centro de Pequim, hoje – a Praça da Paz Celestial, digamos.

Tching indagaria ao primeiro passante, isto é, ao primeiro disposto a parar e a despregar da orelha seu pequeno reluzente objeto falante-ouvinte-vidente:

– Diga-me, bom homem, a que suprema divindade estarão todos, ao mesmo tempo, a render seu fervoroso culto?

Culto? Não haveria como explicar ao velho Tching, de modo que este o entendesse, o que se passou e o que se passa. Nada que possa ser designado dessa forma. Divindade? Há muito, desapareceram todas, se é que um dia chegaram a

---

[20] L. Ferry, *Homo aestheticus: a invenção do gosto na era democrática*, trad. bras., São Paulo, Ensaio, 1994, p. 272.

[21] *Le matin des magiciens*, Paris, Gallimard, 1960, p. 43 *passim*.

existir. A não ser que o mesmo sagaz discípulo de Confúcio o tivesse acompanhado na súbita viagem, e concedesse em traduzi-lo na linguagem metafórica que Tching, ele o sabe, está apto a assimilar e a julgar que entende:

– É isso mesmo, o senhor o viu bem. Todos, hoje, rendemos culto ao Algures Absoluto, à Luz Interdita e ao Número Quântico de Estranheza, vale dizer ao Magnífico Novo, perpetuamente renovado, que nos une e nos integra ao que somos e ao que não somos, tudo irmanado sobre a face da Terra. Finalmente, conseguimos atinar com a Boa-Nova, há milênios anunciada: Nós e não o Outro é que somos O-Que-É-Foi-Será[22], todos, afinal, integrados na certeza absoluta, que coincide com a incerteza absoluta, posse de todos e de ninguém. Finalmente, aí temos o Tempo congelado, a rodopiar na vertigem do Oco acelerado do Mundo.

Tching faria que sim, sem demonstrar nenhuma surpresa, só um discreto agrado pela sonoridade das palavras. O discípulo de Confúcio prosseguiria:

– Graças à nossa divindade suprema e ao nosso culto incessante, hoje somos todos um só amálgama, cada qual a sós consigo, na companhia de tudo, dispersos e congregados no Útero informe de todas as coisas.

Satisfeito com a resposta, Tching regressaria num átimo à sua montanha, à sua árvore, ao seu machado, às suas preces; aos mesmos tufos de grama, às mesmas toras e ao mesmo Sol, para tornar a inscrever, na mesma tina de banho, a mesma velha frase: "Novo Dia Dia Novo".

---

[22] Mero jogo de palavras do discípulo de Confúcio, sem nenhuma conotação teológica, embora "Yahveh" ou "Javé", o nome "impronunciável" de Deus, no Velho Testamento, possa relacionar-se aos diversos aspectos temporais de "hoveh", o verbo ser, em hebraico. O nome impronunciável daria, em português algo como "O-Que-É-Foi-Será". (Cf. L. Monloubou e F. M. Du Buit, *Dicionário bíblico universal*, trad. bras., Petrópolis, Vozes, 2003, 2ª ed., "Javé", pp. 401-402; ou A. Van Den Born, org., *Dicionário Enciclopédico da Bíblia*, trad. bras., Petrópolis, Vozes, 2004, 6ª ed., "Javé", pp. 755-756.)

3

Pelos olhos e pelos ouvidos

1

A pergunta que vimos perseguindo desde o início, "Para que serve a poesia?", conta já, se notarmos bem, com mais de uma resposta. Duas provêm do primeiro capítulo: "Serve para nos ensinar a ver", que devemos descartar, já que demasiado genérica, e "Serve para atemorizar planejadores de sociedades perfeitas", inaproveitável, pois só se aplica a um tipo específico de sociedade, no qual a nossa não se enquadra – embora os tecnocratas que nos governam tentem a todo custo nos convencer de que estamos muito perto da Perfeição. No entanto, como estes ainda não cuidaram de formalizar a expulsão do poeta (ignorando, aliás, a severa advertência platônica), ainda poderíamos considerar uma terceira resposta, derivada do capítulo anterior: "A poesia serve para manter o homem e o mundo em estado de permanente renovação", o que também não resolve o problema, pois ao que tudo indica isto não passa de mito inútil. Como continuamos interessados em saber que papel cabe à poesia na efetiva realidade social em que vivemos, não nos resta senão insistir – de outro ângulo, talvez.

Com efeito, chegamos até aqui assentados na hipótese de que nosso interesse deve concentrar-se nos *sentidos* veiculados pela poesia, isto é, seus conteúdos, seus temas e motivos, as "mensagens" por meio das quais os poemas fazem referência aos homens e ao mundo. Com isso talvez estejamos deixando de lado um aspecto elementar, tão óbvio que por vezes escapa, relativo ao *modo de circulação* da poesia. O leitor familiarizado com a matéria reconhecerá, neste passo, algum eco da estética da recepção, impulsionada pelas teorizações de Hans Robert Jauss, Wolfgang Iser ou Hans Ulric Gumbrecht,[1] ou das especulações do medievalista Paul Zumthor (1915-1995), em torno da oralidade;[2] enquanto conceito básico, sem dúvida, mas o nível em que nos situamos é bem mais modesto. Nosso propósito é lançar um primeiro olhar, empírico, à questão do *modo de circulação* da poesia, fato usualmente negligenciado. O papel do leitor, ou a *qualidade* da recepção do fato poético, é na verdade o que nos interessa e provavelmente será, em última instância, a meta visada pela indagação; mas, considerado o nível de generalidade em que a situamos, tentar conduzi-la diretamente a esse objetivo seria apenas insistir em divagações.

Nosso intuito é salientar que, se quisermos saber do papel da poesia e do poeta na sociedade contemporânea, precisaremos determinar de alguma forma por quais vias se dá, hoje, o acesso à antiga arte dos aedos – a mesma que, *mutatis mutandis*, poetas e leitores, a julgar pelos números, insistem em cultivar. E na altura própria cuidaremos não da teoria geral da oralidade, empenho de largo espectro, que remete para muito além da poesia e até mesmo da literatura, mas de uma questão nesse contexto subsidiária, pontual, relativa à hipótese de uma nova poesia, já não mais "literária" e a bem dizer já não mais "poesia" – a chamada

---

[1] Cf. *Reader-response criticism: from formalism to post-structuralism*, org. Jane P. Tompkins, Baltimore, The Johns Hopkins University Press, 1981; *A literatura e o leitor: textos de estética da recepção*, org. Luiz Costa Lima, Rio de Janeiro, Paz e Terra, 1979.

[2] P. Zumthor, *Introduction à la poésie orale*, Paris, Seuil, 1983.

"poesia *vocal*", isto é, uma poesia da voz e não da palavra, a manifestação performática, feita de soluços e grunhidos, praticada pelos seguidores das teorizações de Zumthor.

A resposta imediata à questão relativa ao modo de circulação ou à via de acesso parece óbvia: desde Gutenberg (1394?-1468), a poesia circula predominantemente em forma impressa, o que a condenou, há muito, a deixar de ser experiência coletiva, para se tornar uma espécie de vício secreto, individual e intransferível, cada vez mais afastado, pelo menos aparentemente, dos interesses gerais da coletividade. O consumidor de poesia, hoje como há mais de cinco séculos, leva para casa um livro, um folheto ou equivalente, por meio do qual, em silêncio, entra em contato com a voz do poeta. É a partir dessa via que se estabelecem as relações possíveis entre poesia e sociedade; é a partir desse contato solitário que as fantasias do poeta (imitação da imitação, não nos esqueçamos) *podem* migrar para a realidade e transformar-se em outra coisa. Elementar, claro está; mas as implicações do fato talvez não sejam tão elementares.

Sabemos bem que a poesia no nosso tempo não se oferece apenas sob forma impressa. A despeito de Gutenberg e da prodigiosa expansão do livro no mundo moderno, alguma poesia continua a circular por via oral, mas isto tem sido, desde sempre, uma exceção e uma duplicação: hoje, como ao longo dos últimos séculos, um número reduzido de poetas, de fato, aprecia *dizer* os seus poemas – os mesmos, porém, que também circulam impressos em papel ou em superfícies equivalentes. O esmagador predomínio do livro e da escrita na cultura moderna, aliás, tem estimulado Zumthor e seguidores a empenhar-se numa verdadeira cruzada em prol da revalorização da oralidade; mas – alegam os teóricos dessa experiência – como a palavra oral se subordina à semântica e à sintaxe, portanto às frases, portanto ao *sentido* logocêntrico, imposto pela escrita, a teoria da poesia "vocal" acabou por se radicalizar, fixando-se na voz ou no grito não articulado. Aquém da palavra? Não propriamente. A genuína oralidade, conforme afiança a especulação em curso, seria aquela do "vocema" (neologismo cunhado por Zumthor), que "é mais da ordem do grito que do verbo", e se situa ubiquamente aquém *e além* do simples "fonema": a poesia "vocal" deve situar-se no nível da pura corporalidade, naquela dimensão do corpo que ainda não faz nem pretende fazer sentido, mas ao mesmo tempo almeja recobrir (recobrar?) todos os sentidos possíveis.[3] A idéia é sem dúvida aliciante, com seu apelo a essa espécie de barbárie ultracivilizada, e por isso tem granjeado bom número de adeptos e praticantes, descontentes com a "literatura" e com toda a civilização dita ocidental, e sequiosos de uma vanguarda radicalmente revolucionária – no Canadá (onde se fixou o medievalista suíço, no final da carreira), mas também nos Estados Unidos, na Europa e em outras partes do mundo. Mas nosso propósito não é levar a tais extremos a modesta e cautelosa interrogação que vem sendo insistentemente formulada: para que serve a poesia?

O que nos move, como foi enunciado um pouco antes de a poesia "vocal" nos desviar, embora não muito, do rumo pretendido é a poesia ainda como "literatura", com mais ou menos "servidão" aos fonemas, à semântica e à sintaxe. Nosso intento pede a investigação da forma predominante de circulação da velha e sempre renovada *ars poetica*... antes que esta se transforme em outra coisa, como querem

3 "... vontade de restituir à linguagem sua virtude mímica: não no sentido em que esta palavra designaria uma imitação figurativa, mas sim enquanto se trata de imitar os ritmos vitais do homem"; "...tentar um modo de expressão situado aquém do sentido"; "...em busca de uma proto-linguagem trans-racional que assegurasse a imediatidade absoluta do dizer"; "...uma 'língua natural' (*Natursprache*) que, seqüência sonora sem palavras, exaltaria a voz emancipada da servidão da linguagem" etc. (Paul Zumthor, "Uma poesia do espaço", in *Escritura e nomadismo*, trad. bras., São Paulo, Ateliê, p. 154 *et passim*.)

os poetas "sonoros". Nossa meta, enfim, é buscar entender o que se passa, hoje, no trânsito que vincula, de um lado a voz ou a palavra do poeta e, de outro, o seu ouvinte ou leitor.

2

Ao longo de séculos, da Antiguidade à alta Idade Média, a poesia destinou-se quase exclusivamente a ser ouvida.[4] Poesia impressa, a princípio, quando tal artefato começa a circular, é um sucedâneo da forma falada ou cantada, e um largo tempo passa a mediar entre o ato da produção do poema e seu consumo, nos limites da nova modalidade de percepção, pelos olhos. Ler poesia, como o fazemos desde Gutenberg, ou até antes, é um hábito tardio, fruto de um estágio avançado de civilização.Em nosso universo de língua portuguesa, por exemplo, a extensa produção de cantigas trovadorescas, dos séculos XII-XIV, foi consumida por um sem-número de ouvintes, nas cortes ou nas ruas, de geração em geração, extasiados diante da presença real do trovador, do jogral ou do menestrel.[5] Só bem mais tarde é que essa mesma poesia (a mesma?) começa a se fixar no papel, passando a ser oferecida a uns poucos leitores, numa época distanciada do tempo da produção dessas mesmas cantigas, quando a arte trovadoresca havia evoluído e os poetas já não entravam em contato direto com seus ouvintes. Só no nosso tempo é que a poesia pode ser criada e rapidamente divulgada e consumida, graças à agilidade dos meios de reprodução industrial, mas o resultado continua a ser

---

[4] Uma preciosa investigação a esse respeito é *Na madrugada das formas poéticas*, de Segismundo Spina. (São Paulo, Ateliê Editorial, 2002, 2ª ed.), ao lado das várias obras que Paul Zumthor dedicou ao tema, como *La poésie et la voix dans la civilisation médievale* (Paris, PUF, 1984).

[5] Obra inestimável, nessa área, não só do ponto de vista estritamente filológico, mas cultural, no amplo sentido, é o estudo clássico de Segismundo Spina, *A lírica trovadoresca* (4ª ed., revista e ampliada, São Paulo, Edusp, 1996).

oferecido predominantemente aos olhos e não aos ouvidos. Para nós, a presença real do poeta, com sua voz, é virtualmente inacessível, quando não irrelevante. (É a este fato, aliás, que se apegam – não custa insistir – as especulações o seu tanto apocalípticas e os sibilinos exercícios da chamada poesia "sonora".)

Neste capítulo, fixaremos a atenção no ângulo do leitor, tentando avaliar em que medida a mudança da palavra oral para a palavra escrita produz ou induz formas e sentidos específicos de percepção do fato poético. No próximo capítulo, examinaremos os efeitos que essa mesma mudança provoca no modo como o poeta se relaciona consigo mesmo, com a sua arte e com a coletividade, e como isso afeta o teor intrínseco da própria poesia.

3

Na passagem da forma oral para a forma escrita – poesia para os ouvidos, poesia para os olhos – há perdas e ganhos. Poesia sempre foi e continua a ser, *também*, massa sonora, qualidade acústica, e não há evidência de que esse atributo tenha deixado de existir, quando a escrita passou a prevalecer. A forma escrita não circunscreve a poesia ao olho e à materialidade da folha em branco, apenas se serve dos sinais gráficos (não sem profundas repercussões, claro está) como representação circunstancial da totalidade dos seus estratos, incluindo o sonoro. Na passagem, a sonoridade torna-se potencial, mas não meramente virtual, perde seu estatuto de modo único de circulação, e continua a integrar o fenômeno poético. O poeta norte-americano Wallace Stevens (1879-1955), nosso contemporâneo, assim se pronuncia a respeito: "Aqueles dentre nós que se ocupem dos rumos da poesia, aqueles atentos ao fato de que palavras são pensamentos, e não apenas os nossos pensamentos, mas os pensamentos de homens e mulheres que eventualmente ignoram o que estejam pensando, precisamos estar cientes disto: acima de tudo, poesia é palavras; e palavras são, em poesia, acima de tudo sons." [6]

Outro poeta moderno, o inglês Dylan Thomas (1914-1953), incide basicamente no mesmo ponto, embora parta de outro ângulo, o da experiência universal do primeiro contato com a poesia:

> Os primeiros poemas de que tive conhecimento foram canções de ninar e, antes de poder lê-las por mim, já me apaixonara pelas palavras, as palavras em si. O que elas representavam ou simbolizavam ou queriam dizer era de importância secundária. O que importava era o *som* delas, enquanto eu as ouvia pela primeira vez, produzidas pelos lábios dos adultos distantes e incompreensíveis que pareciam, de algum modo, habitar o mesmo mundo que eu.[7]

Depoimentos semelhantes, de todas as épocas, poderiam multiplicar-se, mas não há necessidade: podemos constatá-lo empiricamente. A representação gráfica da criação poética, era gutenberguiana adentro, ao menos a princípio pode e deve ser encarada não só mas também como sucedâneo da forma oral de comunicação. No confronto com um poema no papel, deve-se ter em mente que os sinais aí registrados não remetem apenas a conteúdos ideativos, mas também a sonoridades representadas, tornadas portanto *potências*, à espera de que a recepção as atualize. Na leitura silenciosa do poema, o leitor deve ativar o seu, por assim dizer, "ouvido interior", a fim de que se reconstitua a qualidade acústica dos vocábulos isolados, bem como de suas seqüências no

---

[6] W. Stevens, "The noble rider and the sound of words", *Modern poetics*, ed. cit., p. 143.

[7] D. Thomas, "Notes on the art of poetry", in *Modern poetics*, ed. cit., p. 185.

fluxo dos versos e estrofes. Essa tarefa decisiva, a cargo do declamador ou intérprete, na forma primitiva do aedo e do trovador, e em seus remanescentes modernos, passa a ser confiada à consciência íntima e à arbitrariedade do leitor, na forma impressa.

Acontece, porém, que essa consciência vai aos poucos se esgarçando. Em nosso mundo gutenberguiano, a fruição do poema tende a ser concebida apenas como percepção de pensamento, sentidos e ideações conceptuais, proporcionados pela carga semântica inerente às palavras, e, em épocas mais recentes, como percepção de formas visíveis, captadas instantaneamente pelo olho, página a página. Gutenberg induz o moderno leitor de poesia a atrofiar sua capacidade de percepção auditiva. Com isso, a comunicação poética perde uma porção substancial de seus efeitos e possibilidades.

Não foi por outra razão que a estética simbolista, nas últimas décadas do século XIX, empenhou tanto de seu esforço, teórico e prático, em restabelecer o primitivo consórcio entre poesia e música, não pela aproximação dicotomizada entre letra e melodia – duas linguagens unidas no propósito comum – mas a partir de dentro, pela exploração das sonoridades potenciais da palavra poética: "De la musique avant toute chose", Paul Verlaine (1844-1896) chegou a proclamar.[8] Por essa via, a experimentação simbolista pôs ênfase no *processo* de criação, tornado desde então extremamente rico e sofisticado, mas não explorou o que essa redescoberta da música poderia representar, em termos de *comunicação* com o leitor-ouvinte. A aventura simbolista circunscreveu-se a preocupações substancial e estritamente estéticas, quando não esteticistas.

---

[8] Um texto básico para o conhecimento desse período é *Méssage poétique du symbolisme*, de Guy Michaud (Paris, Nizet, 1969). De consulta indispensável, também, é a coletânea de textos doutrinários A estética simbolista (São Paulo, Cultrix, 1985, seleção e introdução geral de Álvaro Cardoso Gomes).

A propósito desse desvio e seus desdobramentos, Weidlé considera-o um efeito tardio e distorcido do desejo de "inovar", introduzido pelo espírito romântico, de onde "provém o refinamento extremo da técnica do verso na época simbolista, a fuga exasperada do vulgar, do já visto. E, sem dúvida nenhuma, a exacerbação que se seguiu não pôde trilhar outro rumo senão o da decomposição do verso, o que culminou por debilitar ao limite a sua matéria, separando-a da vida, da linguagem vivente e do homem vivente".[9]

Foi preciso aguardar até por volta da metade do século xx para que se colocasse em outro nível a questão da oralidade e da música, aspecto decisivo no que se refere aos modos de circulação e de comunicação do fenômeno poético. Nessa altura ocorreu, em várias partes da Europa e da América (espontaneamente, ao que parece), numa área paralela, a música popular, um movimento inverso àquele empreendido pelos simbolistas, já agora da música para a poesia: Georges Brassens, Bob Dylan, Peter Tosh, Violeta Parra, Victor Jara e tantos outros. Boa parte do êxito obtido por essa tendência, que é costume abrigar sob o rótulo "canção de protesto", deveu-se *não só mas também* à notável qualidade literária das letras. Tratava-se, então, de atender a uma forte demanda social, variável, no que se refere às diferentes circunstâncias históricas e regionais, cada qual com sua constelação de temas e motivos específicos, mas invariável no que tange à demanda comum por comunicabilidade e inteligibilidade, que a poesia em sentido estrito, com sua sofisticada experimentação de raiz sonoro-simbolista ou visual-vanguardista, nesse mesmo período, estava longe de satisfazer.

Entre nós, no mesmo rumo, nos anos 60 do século passado, concomitantemente ao requinte e ao hermetismo da experiência visual-concretista, foi notório o magistério

---

[9] W. Weidlé, Les abeilles d'Aristée, ed. cit., p. 88.

"poético" exercido por Vinícius de Moraes (1913-1980), o compositor, não o poeta em sentido convencional, além de Geraldo Vandré, Chico Buarque, Edu Lobo, Capinam, Caetano Veloso, Milton Nascimento e tantos mais, quer sobre os jovens poetas, quer sobre o público, a ponto de muitos julgarem que a poesia em sentido convencional teria morrido ou migrado para o cancioneiro popular.[10] O ponto a enfatizar, em suma, é que a sobrevivência da poesia, assim como o temor que levou Platão a expulsar o poeta da *República*, relacionam-se basicamente não à poesia "em si", mas ao modo como esta circule: pelos olhos e/ou pelos ouvidos. Embora os argumentos platônicos girem em torno de Justiça e Verdade, em torno, portanto, dos "conteúdos" mais ou menos edificantes que o poeta inocule em sua criação, o temor do filósofo se prende à forma de circulação oral da poesia, que pode assim comover, instantaneamente, um público numeroso. Não é por acaso que, no nosso tempo (entre nós, nos anos 70, assim como em outras partes, em outros períodos), a odiosa censura é sempre mais amena, às vezes grotescamente amena, ou negligente, com o livro, mas implacável com o teatro e os espetáculos públicos – a comunicação de massa, em suma.

4

Digamos que a poesia de circulação restrita ao quadrilátero da página, oferecida à experiência íntima, ao entendimento subjetivo do leitor, causaria pouco ou nenhum

---

[10] Essa vertente foi inventariada por Affonso Romano de Sant'Anna em *Música popular e moderna poesia brasileira* (Petrópolis, Vozes, 1980, 2ª ed., especialmente pp. 97-111 e 177-268.) É referência obrigatória, na área das relações entre literatura e música popular, o trabalho teórico e prático que vem sendo desenvolvido por José Miguel Wisnik (v. gr. *Sem receita*, São Paulo, Publifolha, 2005).

temor a Platão. O que o filósofo da *República* teme é a poesia declamada ou cantada nos festivais consagrados aos deuses, nas datas cívicas, em véspera de batalhas ou em meio aos jogos e competições. O temor advém do fato de que essa poesia é parte integrante de eventos em que grupos numerosos de cidadãos ouvem, todos ao mesmo tempo, o mesmo poema, de modo a intensificar a carga de comoção ali contida. Já a poesia de circulação impressa atinge cada cidadão isoladamente (o vício secreto, a que antes aludimos), de modo que o efeito tende a diminuir na proporção em que o ouvido atrofia. Por quê? Porque o poder de comoção do poema não depende só do conteúdo ou dos sentidos expressos pelas palavras, mas também do ritmo que vai sendo produzido e modulado no *tempo* da elocução/audição. Uma vez confiados ao olho, que fixa sua atenção no *espaço* limitado da página, os atributos rítmicos do poema tendem a dissolver-se, seja na consciência do leitor de ouvido atrofiado, seja na performance original do próprio poeta, de ouvido e voz tornados obsoletos ou inúteis, caso não tenha assimilado, por exemplo, a lição simbolista ou a da canção de protesto. (A sibilina teorização que viceja no âmbito da chamada "poesia vocal", na verdade, não faz senão pôr ênfase extremada, e distorcida, em constatações meridianamente óbvias, como as anteriormente expostas – quer se trate da oralidade da poesia medieval, quer se trate da atual experiência em torno da vocalidade.)

Séculos atrás, na passagem da forma oral para a forma escrita, tivemos evidentemente uma perda, que não deixou de ser um ganho: a poesia intelectualizou-se, o poeta da era Gutenberg foi ganhando uma consciência cada vez mais apurada do poema como veículo de formas, idéias ou pensamento, elaborados e sutis, e não só como veículo de emoções e sensações. A poesia destinada a ser lida, vale dizer a poesia "liberta" da música e, no extremo, de toda oralidade, exigirá naturalmente uma espécie peculiar de consumidor, o leitor solitário, destinado a tornar-se, no trato com a poesia, um agente mais ativo do que seu antecessor, o ouvinte. Antes de se oferecer como estímulo à comoção grupal, a poesia escrita apresenta-se como desafio à capacidade cognitiva do leitor solitário. Mas, entendamo-nos, essa capacidade se transformará em exercício unilateral e inócuo se não for acompanhada da percepção das sonoridades tornadas potenciais, mas que continuam organicamente integradas às palavras portadoras de sentido, bem como às suas seqüências rítmicas. A intelecção lógico-racional do poema, com efeito, será de pouca valia, se não der conta do seu poder de comoção, na mesma medida em que se deixar comover pelo poema, sem atentar em sua dimensão ideativa, é pretender que a poesia se reduza à sua função mais primitiva, negligenciando séculos de evolução da forma escrita.

Quando a poesia se oferece aos ouvidos, os sentidos aí propostos passam tão mais despercebidos quanto mais complexos e elaborados forem. As circunstâncias inerentes à audição pública do poema incitam o ouvinte a comover-se e não a se concentrar no teor intrínseco do que esteja ouvindo, para lhe analisar as sutilezas e implicações. Será por essa razão que a poesia participante, ou politicamente engajada, corre sempre o risco de que seu alcance ideativo se reduza à repetição de "palavras de ordem", de fácil e imediata assimilação, que no geral apenas confirmam o que a platéia já sabia. Neste caso, não se trata de comoção *gerada* pelo poema, ou de conhecimento poético propriamente dito, mas de um acordo de circunstância, entre poeta e ouvinte, com base no qual o poema apenas sublinha uma comoção preexistente, permitindo que todos reconheçam, na previsibilidade do ato, as crenças e convicções comuns, ali encenadas. O perigo, alerta Alfredo Bosi, é que neste caso "o trabalho da poesia pode também cair sob o peso morto de programas ideológicos: a arte pela arte, tecnicista; a arte para o partido, sectária; a arte para o consumo, mercantil". [11]

Reduzida a essa forma didática e previsível, e a despeito do conteúdo de rebeldia que possa conter, a poesia dita participante será privada de qualquer atributo que permita considerá-la propriamente insubmissa ou subversiva. Subversão e insubmissão verdadeiras só ocorrem no nível da consciência individual que se deixe impregnar pelo revolucionário modo de ver do poema genuíno: *ver como se fosse pela primeira vez* – experiência decisiva, propiciada pela poesia autêntica, única possibilidade de a tirania e a opressão virem a ser de fato abaladas. A poesia que confie seu propósito contestatário ao efeito retroativo de *slogans* e palavras de ordem será imediatamente neutralizada pelo Sistema, cuja má consciência a reduz sem dificuldade a mero *happening* pitoresco, logo tornado inofensivo.[12]

O fato é que o *ouvinte*, em princípio, não é convidado a exercitar sua capacidade de refletir, analisar, decifrar: esta será a tarefa do *leitor*. A poesia de circulação oral (podemos voltar mais uma vez a Platão e seus temores), por deixar em suspensão as faculdades cognitivas do ouvinte, favorece a adesão irrefletida, com sua larga margem de irracionalidade; já a de circulação impressa aposta na racionalidade, uma peculiar racionalidade que não espera substituir o primitivismo da comoção, antes o incorpora. Todo leitor atento o sabe: aí reside a perda que é um ganho.

Se assim é, não há o que lamentar, embora poetas isolados ou movimentos inteiros, ao longo do largo lapso de vigência da forma escrita, tenham pregado a volta à oralidade, seja

[11] A. Bosi, *O ser e o tempo da poesia*, 6ª ed., São Paulo, Companhia das Letras, 2000, p. 226.

[12] A respeito dessa idéia, o leitor encontrará uma explanação mais desenvolvida em "Vida experimental" (sobre a poesia marginal de Roberto Piva), em meu *O desconcerto do mundo: do renascimento ao surrealismo*, São Paulo, Escrituras, 2001, pp. 301-320.

no rumo esteticista dos simbolistas, seja no rumo da comunicabilidade imediata do cancioneiro popular, seja no rumo da assim chamada poesia "vocal" ou "performática", pós-moderna. Podemos até admitir: talvez fosse de fato melhor que a poesia deixasse de circular sob forma impressa e voltasse a ser apenas cantada ou declamada, mas isso seria negar a História, especular no vazio e referendar uma indesejável postura nostálgica e evasionista – embora os poetas "sonoros" pretendam que a falta de sentido de sua poesia "expresse" (?) todos os sentidos possíveis.

É na poesia "literária" do nosso tempo que estamos interessados; é ao presente e não ao passado, ou a qualquer espécie de oráculo, que cabe endereçar a pergunta que nos incita: qual é o papel da poesia? Nossas incursões ao passado, no entanto, advertem: a poesia do nosso tempo é outra, mas continua a ser virtualmente a mesma. A velha arte dos aedos evoluiu, sem dúvida, mas não em termos de "superação" de etapas logo tornadas obsoletas e descartáveis, à maneira do que ocorre com os avanços tecnológicos e com as ciências utilitaristas, em meio às quais a poesia insiste em sobreviver. "Nesse mundo sério, racionalizado, funcional", afirma Jean Onimus, "a poesia, que parecia extinta e por assim dizer ultrapassada, está, quem sabe, mais próxima de nós do que nunca. Essa redescoberta permanecerá como um dos traços mais extraordinários de uma época na aparência inteiramente dedicada às conquistas da técnica: descoberta de uma poesia primitiva, anterior a toda a literatura e bem próxima desse contato com o sagrado, que outrora fazia do poeta um sacerdote e de Orfeu um iniciado".[13]

[13] J. Onimus, *La connaissance poétique: introduction à la lecture des poètes modernes*, Paris, Desclée de Brower, 1966, p. 19.

5

Não obstante possa oferecer ao leitor, mas sobretudo ao ouvinte, várias formas de satisfação imediata, propiciada pelo impacto dos seus ritmos e cadências aliciantes, a poesia solicita concentração e afastamento, para que esse impacto seja assimilado em todas as suas dimensões – embora isto não se aplique, já se vê, a todas as modalidades de poesia, mas só àquelas que de fato contenham tais dimensões, vale dizer a grande poesia. A busca obcecada do novo ou do mais avançado, porém, em todas as áreas de atividade (como vimos no capítulo anterior), não favorece, antes repele o afastamento necessário ao recolhimento e à reflexão. Retomemos, mais uma vez, a reflexão em torno da busca obcecada do "novo".

Tangidos pela ordem peremptória e inquestionada do "Make it new", somos todos instados a mergulhar na vertigem. Quem parar para refletir, ainda que só por um instante, será tomado pela sensação de que foi posto à margem da História ou de que se transformou em anacrônico inimigo do avanço e do progresso. Mas, de nossa parte, tal sensação não nos deve tolher. Se estivermos efetivamente empenhados na poesia genuína, nosso ritmo, como o definimos de início, não deverá ser o da corrida frenética no encalço de resultados imediatos e mensuráveis, mas sim o de quem esteja disposto a dedicar um largo tempo às dúvidas que, enquanto não forem satisfeitas, não nos permitirão avançar.

A chave talvez esteja exatamente aí. Se tentarmos *avaliar* a poesia (mas não só, decerto) sem distanciamento, recolhimento e reflexão, não haverá saída: ou bem tudo o que é novo ou mais avançado é intrinsecamente melhor, caso nos filiemos à hoste vanguardista; ou bem é melhor tudo o que seja antigo e consagrado, caso nos alistemos na falange conservadora. Ambas as atitudes têm em comum a nefasta mistura de dogmatismo e sectarismo, superficialidade e irreflexão.

Trata-se de posições apriorísticas, que se recusam a examinar de perto as implicações do fato – o fato de que mudanças, transformações e avanços ocorrem à nossa volta, em ritmo cada vez mais acelerado –, como se fosse possível dar por resolvidas de antemão todas as dúvidas e impasses daí provenientes.

O fator complicador é que em determinadas esferas de atividade da Aldeia Global o novo tornou-se de fato valor em si, pouco importando se representa ou não algum efetivo aperfeiçoamento. A cada estação, um vasto conluio de estrategistas despeja, no ávido mercado, novos ou mais avançados "modelos" seja-lá-do-que-for, que imediatamente tornam obsoletos e descartáveis os antigos. Aceitemos, com relutância, que tal regra vigore quando estiver em causa a torradeira do café da manhã, o formato do bico ou do solado dos sapatos, a versão do sistema operacional que instalamos em nossos computadores, a nova estratégia de *suporte* ao cliente adotada pelas empresas, e tantas outras "necessidades" que, se não forem imediatamente satisfeitas, nos levarão a experimentar a desoladora sensação de que fomos alijados da História. O que temos aí é um simulacro daquele eterno presente subentendido na utopia platônica, como se a celeridade do nosso tempo não almejasse ser outra coisa senão caricatura de utopia – versão terceiro-milênio, mas ainda assim utopia, e triunfalmente realizada.

Se a inovação como valor auto-suficiente se limitasse àquelas áreas de interesse, talvez fosse até interessante: manteria aquecida a economia e garantiria emprego para boa parcela da população. O problema se põe quando o flagelo da descartabilidade ameaça estender-se para além do reino encantado do consumo, aplicando-se ao próprio ser humano ou a seus valores mais altos. O que fazer, para falarmos em termos das categorias propostas por Confúcio ou Platão, quando Justiça, Verdade, Beleza, Educação, Temperança, Equilíbrio, Caráter etc. passam a ser tratados como torradeiras e sapatos, segundo as leis infalíveis do Planejamento Estratégico, da Qualidade Total e da Otimização dos Lucros, com o competente certificado ISO qualquer-coisa? Quando isso se concretizar de vez, conforme *sinaliza* o *cenário* da ordem econômica globalizada, não haverá mais o que fazer: todos teremos abdicado, por inteiro, da liberdade de escolha e da capacidade de reflexão. Na esteira do propósito milenar de dominar o Mundo, estaremos reduzidos a máquinas que produzem e consomem. "A impossibilidade de conciliar a idéia da poesia e da criação poética com o culto da ciência e a superstição do progresso indefinido", pondera Weidlé, "resulta de vivermos em um mundo desintegrado pela análise racional, em um mundo que se desagrega em átomos humanos estranhos uns aos outros e que não se unem senão pelo laço dos interesses práticos".[14]

A "superstição do progresso indefinido" vem a ser então responsável pelo totem máximo do nosso tempo, a "avidez da novidade", como a designa Heidegger (1889-1976). O filósofo de *Sein und Zeit* é radical em sua crítica:

> A avidez de novidades, no gozo de sua liberdade plena, não cuida de ver para compreender o visto, ou seja, para adentrar um ´ser´ relativo a isso, mas *tão-somente* para ver. Só busca o novo para saltar imediatamente para outro novo. Não é o apreender, e com isto o ser, que na verdade interessa aos cuidados desse ver, senão a possibilidade de se abandonar ao mundo. Daí a avidez de novidades se caracterizar por um específico ´não se demorar´ no imediato. Daí não buscar tampouco o ócio do demorar-se na contemplação, mas sim a admiração, a inquietude e a excitação diante de algo sempre novo, em permanente mudança. Em seu não se demorar, a avidez de novidades confina sempre com a constante possibilidade de ´dissipação´. A ela não

[14] W. Weidlé, op. cit., pp. 90-91.

importa que a admiração conduza à incompreensão, pois a avidez de novidades só cuida de saber, mas simplesmente para ter sabido.[15]

O princípio do novo como valor em si (com sua excitação admirada, seu descaso pela compreensão e sua dissipação, como diz Heidegger), de fato ameaça tomar conta de todas as esferas de atividade da Pólis, incluindo aquelas outrora governadas pela Filosofia e pela Educação, como pretendia o arquiteto da *República*. Tudo o que nos cerca corre o risco de se tornar mercadoria descartável, até que se descarte também o único obstáculo capaz de resistir à perversão dessa espécie de "progresso" indiscriminado: *a consciência*. Antes que isso aconteça, voltemos ao ponto de partida, a poesia, para prosseguir com o reconhecimento do óbvio. Avanço e inovação são conquistas evidentemente benignas de toda a Cultura – aí incluída, como não podia deixar de ser, a antiga arte dos poetas. Tudo o que nos diz respeito, agrade-nos ou não, está sujeito à História, *é* História – e História é isto mesmo: avanço, inovação, progresso. É preciso, porém, estar atento ao fato de que a poesia sem dúvida evolui, como tudo o mais, mas as etapas dessa evolução estão todas presentes, embora nem sempre perceptíveis, em qualquer bom poema, hoje. E nenhuma das etapas anteriores pode ser descartada, não ao menos do modo como descartamos os modelos obsoletos de um eletrodoméstico.

Um bom poema cantado em praça pública, na Idade Média, não deixou de ser bom só porque outros bons poemas começaram a circular em folhas de papel, aí por volta do século XV; estes, por sua vez, não serão "ultrapassados", umas centenas de anos depois, por outros bons poemas que

[15] Martin Heidegger, *El ser y el tiempo*, trad. arg., México-Buenos Aires, Fondo de Cultura Económica, 1962, 2ª ed., pp. 191-192.

comecem a ser desenhados no mesmo papel, ou exibidos numa tela, ou produzidos por qualquer outro meio oferecido à inventividade dos poetas – desde que a palavra, plena de significação, continue a ser parte integrante da matéria poética. Giacomo Leopardi (1798-1837), o grande poeta italiano, já o afirmara: "Tudo se aperfeiçoou de Homero em diante, mas não a poesia".[16]

Resultado de séculos de evolução contínua, embora mais lenta e menos perceptível que a evolução dos utensílios que nos cercam, e num rumo predominantemente à margem do dogma do "progresso" tecnocientífico da sociedade como um todo, a poesia do nosso tempo deixou de ser, há muito, um fato objetivo, público e notório, *e por isso ameaçador*, como nos tempos de Platão, mas continua a ser um fato, que não consegue sobreviver senão na intimidade da consciência de cada leitor.

Embora muitos amantes fervorosos da poesia insistam em acreditar que esta seja "eterna" e sobreviverá *a tudo*, sabemos que não é bem assim, pelo menos desde que Walter Benjamin (1892-1940) detectou, nos anos 30 do século passado, o fim da "aura".[17] A surpreendente longevidade da poesia (ponto de que aliás partimos) só tem sido possível graças justamente às incessantes transformações pelas quais tem passado, algumas delas desfiguradoras de suas feições primitivas. A poesia só seria "eterna" caso se vinculasse *apenas* à natureza biológica do ser humano – como se o primeiro poema da espécie tivesse correspondido ao primeiro orgasmo, ao primeiro parto, à primeira morte; como se a poesia, em suma, tivesse sido na origem um grito primal, o mesmo grito destinado a reviver milênios afora, em cada

---

[16] Apud A. Bosi, op. cit., p. 131.

[17] W. Benjamin, "The work of art in the age of mechanical reproduction", in *Illuminations*, edited and with an introduction by Hannah Arendt, New York, Schocken Books, 1977, pp. 217-251.

poema articulado na forma de canto ou escrita, por mais avançadas e elaboradas que sejam as suas manifestações no mundo civilizado. Mas essa mesma poesia "articulada", a única, aliás, que conhecemos (isso do "grito primal", por aliciante que seja, não passa de conjectura de etnógrafos ou de poetas "sonoros"), é *também* fenômeno cultural, historicamente situado, dependente do contexto social em que se constitui. Por isso, o fato de que "a poesia há muito não consegue integrar-se, feliz, nos discursos correntes da sociedade"[18] deve ser tributado não só às idiossincrasias do poeta, mas também à própria sociedade. Não há como escapar da ilação: o receio da "morte" da poesia há de ser entendido como receio da morte do homem; qualquer eventual "crise" da poesia será só sintoma da crise de consciência no mundo moderno. À perda da "aura" (afinal de contas, mero símbolo ornamental), no caso do artista, corresponderia no homem a progressiva perda da sua humanidade, e aí sim teríamos a prova definitiva de que a poesia não é eterna e a longevidade tem um limite.

Era gutenberguiana adentro, a *leitura* solitária de poesia talvez tenha deixado de ser apenas um sucedâneo ou derivativo da *audição* coletiva, para se converter em condição de existência da arte poética, ou (daria no mesmo?) condição de sobrevivência da consciência de cada um – não só consciência da poesia em si, o que seria uma inutilidade, mas consciência da vida e da realidade em que estamos inseridos. E a consciência de cada um guarda estreita relação, hoje, com a viagem sem retorno que o poeta vem empreendendo ao interior de si mesmo, há séculos, desde que foi dispensado, por Platão ou por seus sucessores, do papel por ele outrora desempenhado nas atividades da Pólis.

[18] A. Bosi, op. cit., p. 165.

4

Da praça pública à mansarda

1

Na era Gutenberg, a passagem da circulação oral para a circulação escrita impôs, no intervalo de duas ou três gerações, se tanto, a leitura individual e silenciosa como forma dominante de acesso à poesia, perdendo-se rapidamente no espírito do *leitor* a memória de sua anterior condição de *ouvinte*. Rápida terá sido também essa mudança, para o poeta, que no entanto levará um largo tempo para reconhecer e assimilar as conseqüências do episódio, entre as quais o inevitável isolamento a que a mesma mudança o condenara. A solidão do leitor, diante do poema oferecido pela página impressa, define apenas a condição de acesso a uma experiência que continua a depender de sua efetiva participação e não compromete sua identidade pessoal, podendo até reforçá-la, graças à oportunidade de concentração e recolhimento propiciada pela leitura silenciosa. Já para o poeta, a passagem não constitui um fator meramente extrínseco, mas interfere na intimidade de sua condição e tem efeitos decisivos sobre sua identidade e razão de ser. O ato da criação poética muda de registro a partir do momento em que o poeta passa a compor para ser lido e não para ser ouvido.

Antes da passagem, o lugar do poeta era assegurado pelo acordo tácito mediante o qual a coletividade o acolhia e cultuava em eventos dedicados a interesses vários, como a vida moral e religiosa, as competições, as celebrações do amor, os rituais funerários, a guerra, o trabalho, as tradições e aspirações comuns, de que a poesia era parte integrante e inalienável. Entre poesia e sociedade tramava-se, em linhas entrecruzadas, o denso enredo do *ethos* coletivo, em que verdade e fantasia, realidade histórica e mito consentido se acumpliciavam, em constante e sempre renovado vaivém. Enquanto prevaleceu a forma de circulação oral, a identidade do poeta, como poeta e cidadão, sem que um se distinguisse do outro, era claramente marcada de fora, a partir da cultura geral em que se gestava a poesia, e que reciprocamente essa mesma poesia ajudava a manter e a revigorar.

A vigência dessa identidade não se limitava ao momento da audição, cuja função, quanto a este aspecto, era fornecer ao poeta a *confirmação* do lugar por ele ocupado na sociedade, mas estendia-se a um tempo anterior, fundamento e justificativa do pacto firmado com a comunidade, bem como, ainda, a um tempo posterior, garantido pela expectativa de que esse mesmo pacto haveria de se perpetuar, enquanto perdurassem os valores culturais em que o processo se inscrevia. Longe de ser um dado de circunstância, vigente apenas por ocasião do efêmero contato com o ouvinte, a identidade do poeta lastreava-se em verdades de largo espectro, era um fato histórico, não se limitava, portanto, à *forma* oral de circulação da poesia, mas abrangia por igual a *matéria* de que esta se plasmava: temas e motivos, pensamentos e emoções, modos de sentir e de dizer, memórias e anseios – expressão de uma realidade pertinente, ao mesmo tempo, ao indivíduo poeta e à coletividade.

A mudança para a forma escrita promove uma série de transições e rupturas, de largo espectro. O lugar ocupado pela poesia não terá desaparecido de imediato, uma vez que não dependia exclusivamente da oralidade, mas o poeta perde a confirmação exterior, regular e unânime, de que esse lugar lhe estava reservado. O pacto anterior de algum modo se prolonga, já que as tradições, os costumes e os valores comuns aparentemente não se alteram em razão de a poesia ter deixado de circular oralmente, mas passa a ser mero pressuposto ou subentendido, uma "verdade" dependente da conivência de cada leitor e que, por isso, não tem como ser dimensionada e historicamente *situada*.

Mas não é só na identidade do poeta que a mudança interfere. A própria poesia, como forma e como matéria, vai aos poucos perdendo seus vínculos com o modo de ser coletivo, passando a encaminhar-se no rumo das inquietações pessoais do poeta, cuja voz, tendo deixado de ecoar fora, passa a aguardar no silêncio da página impressa que a intervenção do leitor lhe atualize as potencialidades, tornando-a voz de todos. Não sendo mais convocado para as celebrações comuns, que no entanto prosseguem, o poeta passa a enfrentar o dilema virtualmente insolúvel do ser dividido entre personalidade civil e personalidade literária. Caso continue a participar dessas celebrações, não mais o fará como poeta mas só como cidadão. Neste caso, sua poesia que rumos seguirá? Caso opte por ignorar a dissociação, insistindo na idéia anterior de que, nele, poesia e cidadania se confundem, tornar-se-á um cidadão para si mesmo, auto-excluído da Cidade comum. Neste outro caso, também, sua poesia que rumos seguirá? O divórcio entre poeta e sociedade resulta, naquele, em cisão entre o cidadão e o poeta.

Personalidade civil, personalidade literária... O primeiro efeito da cisão será, para o poeta a suspeita quando não a certeza, de que sua identidade como cidadão foi posta em dúvida. Por outro lado, sua identidade como poeta, ao mesmo tempo em que passa a depender da presumida conivência do leitor, torna-se também uma condição a ser buscada e construída, a ser definida por ele próprio. É como se para o poeta da escrita e do livro não bastasse *ser* poeta: é preciso *agir* como tal, sendo que a ação, no caso, é mister do cidadão e não do poeta. A perspectiva que a partir daí se abre é a da auto-identidade possível, em substituição à identidade efetiva, antes reconhecida e conferida pelo meio.

Um dos efeitos capitais dessa mudança diz respeito à dicção, que por muito tempo conserva ainda vestígios da antiga encenação oratória, por vezes altissonante, mas vai aos poucos se encaminhando no rumo do coloquialismo intimista, imposto pelo novo teor confessional, sobretudo a partir do período pós-romântico. Em meados do século XX, Auden chegará a apontar a dicção intimista como o traço definidor da poesia moderna, conseqüência derradeira do empenho do poeta em buscar ou forjar sua identidade própria:

> O estilo característico da poesia moderna é um tom de voz íntimo, a fala de uma pessoa que se dirige a outra pessoa, não a um público amplo; quando quer que erga sua voz, o poeta moderno soará teatral. E o herói característico dessa poesia não é nem o "Grande Homem" nem o rebelde romântico, mas o homem ou a mulher que, nos caminhos da vida, a despeito de todas as pressões impessoalizadoras da sociedade moderna, se esforça por adquirir e preservar um rosto próprio.[1]

A valorização da intimidade, na lírica moderna, de certo modo define o caminho a ser inevitavelmente explorado tanto pelo leitor quanto pelo poeta, qual seja o do convívio mais estreito com a vida interior. Para o poeta não há alternativa. Dispensado das atividades diárias da Urbe utilitarista e inóspita, este se recolhe na subjetividade, de onde espera extrair a matéria de sonho e realidade a ser carreada para seus poemas. Já o leitor será convidado a reproduzir a

[1] W.H. Auden, "The poet and the city" in *Modern poetics*, ed. cit., p. 178.

experiência do recolhimento, primeiro na condição de confidente privilegiado, diante de quem (ou diretamente a quem) o poeta expõe suas inquietações profundas, seus receios e anelos, sua mais secreta intimidade, na expectativa de encontrar algum acolhimento, recepção afetiva e compreensão. O convívio com a interioridade alheia conduzirá o leitor, num segundo momento, a desenvolver a experiência paralela do convívio com sua própria vida interior, seja sob o signo do contraste e da repulsa provocada pelas "estranhas" inquietações do poeta, seja sob o signo da empatia e da identificação eventualmente experimentadas diante dessas mesmas inquietações.

Está criada, assim, a condição ideal para que escritor e público se acumpliciem no mesmo propósito, tornando o fato literário a expressão conjunta de criação individual e intervenção coletiva. Bem por isso, Jean-Paul Sartre (1905-1980), teórico e praticante da literatura "engajada", destaca a contribuição decisiva do leitor, sem a qual a obra literária, a bem dizer, sequer chegaria a existir: "A leitura é um pacto de generosidade entre o autor e o leitor; cada um confia no outro, conta com o outro, exige do outro tanto quanto exige de si mesmo".[2]

Formado por linhas que se cruzam em várias direções, em constante fluxo e refluxo, o quadro assim esboçado tem no seu núcleo a experiência decisiva que leva a consciência a se dividir em sujeito e objeto, pólos cujos sinais se intercambiam, dialeticamente. Para saber do outro, é necessário sair para fora de si, a fim de captar a objetiva individualidade alheia; para saber de si, é preciso afastar-se da subjetividade e converter a consciência em olhar neutro, real ou simulado, capaz de apreender-se como objeto. "Sujeito" e "objeto" não passam, claro está,

[2] J.-P. Sartre, *Que é a literatura?*, trad. bras., São Paulo, Ática, 1989, p. 46.

de condições ao mesmo tempo relativas e provisórias, cambiáveis e concomitantes. Tal é o jogo complexo, que a partir de Freud (1856-1939), século XX adentro, a teoria, mas sobretudo a prática psicanalítica, desenvolverá – um jogo que já começara a ser praticado, simbolicamente, entre o poeta pós-romântico e seu leitor, e continua a ser praticado, hoje, independentemente da disseminação e da popularização da psicanálise.

2

Ao longo do tempo, na era pós-gutenberguiana, o poeta é cada vez mais uma consciência isolada em si mesma, ora à procura de sua *identificação* com o outro, ora orgulhoso de sua diferença e sua singularidade. Na tradição de língua portuguesa, uma das primeiras evidências dessa transição é fornecida pela conhecida e emblemática lamentação camoniana, no final da sua epopéia:

> Não mais, Musa, não mais, que a Lira tenho
> Destemperada e a voz enrouquecida,
> E não do canto, mas de ver que venho
> Cantar a gente surda e endurecida.
> O favor com que mais se acende o engenho
> Não no dá a pátria, não, que está metida
> No gosto da cobiça e na rudeza
> De uma austera, apagada e vil tristeza.[3]

No fecho da larga empreitada em que se propôs cantar "o peito ilustre Lusitano", vale dizer a comunidade à qual se orgulha de pertencer, aí está o poeta a falar de si, isolado, centrado em si mesmo, ciente da distância que o separa do seu povo, do seu leitor. Para o que nos importa,

[3] Luís de Camões, *Os lusíadas*, ed. cit., c. X, est. 145, p. 335.

dois aspectos merecem atenção. O primeiro prende-se à linguagem, seus símiles e metáforas: poesia, para Camões, no final do século XVI, ainda é referida como "voz" e "canto". Linguagem figurada, sem dúvida; nem ao poeta nem a seus leitores ocorreria nessa altura julgar que pudesse tratar-se de poesia de circulação oral; mas, ao mesmo tempo, a figuração não deixa de assinalar a nostalgia da oralidade, a tentativa de prolongar simbolicamente a condição havia muito perdida. E assim será, séculos afora, como o vimos no capítulo anterior. O segundo aspecto diz respeito ao "gosto da cobiça", alusão ao espírito mercantilista que o poeta detecta e denuncia como o verdadeiro motivo da expansão marítima e dos descobrimentos, mal disfarçado sob o que deveria ser o motivo principal, a expansão da Fé. Para que não haja dúvida, já na abertura do Poema, Camões diz estar empenhado em cantar "as memórias gloriosas / Daqueles Reis que foram dilatando / A Fé, o Império, e as terras viciosas / De África e de Ásia andaram devastando".

A Fé e o Império... Podemos ler aí, de um lado, a Religião, emblema dos valores espirituais que fundamentam todo um projeto civilizacional e justificam o ato heróico e a proeza das conquistas; de outro, a Dominação, o comércio, o lucro, o acúmulo de bens e a belicosidade como estratégia na escalada de poder – falsos valores ou valores mesquinhos, claros sinais de que o mundo real vai aos poucos abandonando os ideais sonhados pela tradição. No mesmo gesto em que exulta pela glória da Nação, Camões denuncia-lhe a decadência: ideologia e contra-ideologia, conjugadas. E não se trata de uma face contraposta à outra: glória e decadência coincidem, mescladas na hibridez que toma conta do *ethos* grupal, sob o olhar consciente e severo do poeta.[4]

---

[4] Esse entendimento da epopéia camoniana é extensamente desenvolvido no ensaio "A máquina do Mundo", em meu *O desconcerto do mundo: do renascimento ao surrealismo*, ed. cit., pp. 23-57.

Isso nos remete de volta, por via indireta, aos temores de Platão. Na sociedade "perfeita", essa que o homem do renascimento não apenas sonha, mas põe ou julga pôr em prática, não haveria lugar para o poeta, alma descontente, voz destoante. No século XVI, porém, consagrada a forma escrita de circulação da poesia, condenado o poeta à inércia da palavra muda, represada na página impressa, os donos do poder já não vêem por que tomar a sério a advertência platônica. D. Sebastião, rei de Portugal, não só não expulsa Camões do convívio com seus semelhantes, como lhe financia a publicação da obra e lhe concede uma modesta pensão – pelos serviços prestados na Índia como soldado, é verdade, mas sua dupla condição de soldado e *poeta* não o desqualificou para o privilégio real. A poesia enfim já não representa, no mundo moderno, o perigo que representara para Platão e passa a ser tratada como mero e inofensivo adorno. Da praça pública, digamos, o poeta é instado a retirar-se para a sala de visitas. (À mansarda chegaremos pouco mais adiante.)

A intromissão da subjetividade num poema épico desejadamente impessoal assinala o ponto de encontro de vários caminhos, encruzilhada de crucial importância para a sobrevivência e a evolução da poesia no mundo moderno. De início, é o caminho da própria epopéia, sonho antigo que atravessa toda a Europa medieval, encontra sua realização suprema em *Os lusíadas* e aí se extingue. Do final do renascimento em diante, as sagas heróicas, impregnadas de algum sentimento gregário, correrão por conta da prosa narrativa, de início, mescla de ficção e historiografia, mas já no final do século XVIII, essa vertente atinge sua maioridade com o romance, gênero literário por excelência da nova era urbana, industrial e burguesa, para onde serão canalizadas as pulsões coletivas, antes recolhidas no poema épico. Desalojado da praça pública, o poeta não terá mais o que registrar e o que narrar da alma comum, confinando-se cada vez mais na sua alma pessoal. E aí temos também o caminho da antiga tradição lírica, que encontra em Camões uma realização e uma forma singulares.

A intromissão da subjetividade, atrás assinalada, prende-se a essa tradição, na medida em que o lirismo é, desde a origem, expressão do Eu, destinada a circular ao som da *lira*, e como tal uma modalidade subestimada pela cultura clássica. É como se poesia genuína fosse, desde Homero, exclusivamente aquela voltada para o mundo exterior, a poesia criada rapsodicamente a partir das tradições e dos sentimentos coletivos, recheada de matéria narrativa, seja histórica ou mítica. Já a lírica era considerada uma fraqueza, hesitação momentânea de poetas menores que se comprazem na autocontemplação, enquanto se preparam para vôos mais ambiciosos. O caso camoniano é sintomático. Para o poeta português, a epopéia é descrita como "tuba canora e belicosa" ou "som grandíloquo e corrente", ao passo que a lírica é humilde "frauta rude" ou "agreste avena", razão pela qual, aliás, Camões se empenhou na publicação da épica, mas deixou praticamente inédita sua vasta produção lírica.

Essa concepção antiga, consagrada no século XVI, reflete a idéia da poesia como representação da alma coletiva, ideal que só a suntuosa orquestração do poema épico poderia realizar, com larga vantagem sobre a lírica, formada de manifestações parcelares, nas quais o poeta se defrontaria tão-só consigo mesmo, como "caso" isolado, ego disperso nos meandros da própria sensibilidade, incapaz de aceder aos níveis mais profundos da realidade social, onde se alojam os fundamentos da Nação ou do Povo. Tal entendimento, decerto preconceituoso aos olhos do leitor moderno, que não conhece outra espécie de poesia senão a lírica (embora há muito desacompanhada da *lira*), já é desmentido por Camões, apesar de ele próprio não se ter dado conta, chegando a endossar de forma explícita o preconceito ainda vigente no seu tempo. O fato é que o lirismo camoniano é surpreendentemente heterodoxo, e "moderno", pois abriga a mesma dimensão, a mesma grandeza e a mesma profundidade da épica, uma vez que aí se configura uma visão de mundo que é sem dúvida pessoal, mas ao mesmo tempo traduz as inquietações mais significativas do homem da época, não só de Portugal mas de toda a Europa.

Em Camões, a lírica muda de rumo, ganha uma densidade e um alcance antes desconhecidos, e antecipa o que será, daí por diante, a tendência mais consistente do lirismo no mundo moderno: a poesia que brota da mais recôndita intimidade do poeta (contra o mundo, ignorado do mundo), mas expressa a condição humana, geral, e não a sentimentalidade egotista, ortodoxamente lírica. Esse novo entendimento dignificador da lírica, já concretizado na poesia camoniana, será anunciado como verdade geral no início do século XIX, por Hegel (1770-1831), no sétimo volume de sua *Estética*:

> Apesar de originada no particular e no individual, a obra lírica pode ainda exprimir o que há de mais geral, mais profundo e mais elevado nas crenças, representações e relações humanas. [...] A verdadeira poesia lírica, como toda verdadeira poesia, tem por missão exprimir o conteúdo autêntico da alma humana. [...] A poesia lírica, longe de ser o produto de certas fases de desenvolvimento espiritual, pode florescer nas épocas mais diversas, principalmente nos tempos modernos, em que cada indivíduo reivindica o direito de ter uma maneira de pensar e de sentir eminentemente pessoal.[5]

[5] G.W.F. Hegel, *Estética: Poesia*, trad. port., Lisboa, Guimarães, 1964, pp. 294-295 e 310-311.

Como se vê, essa dignificação do lirismo, em Hegel, tem seu quê de nostalgia e idealização: "a obra lírica *pode ainda* exprimir", "*tem por missão* exprimir", "a poesia lírica *pode* florescer"... Ou seja, o filósofo não nos coloca diante de fatos, mas de uma possibilidade ou uma aspiração de denso teor metafísico, amparada no princípio da coesão espiritual entre Ser e Cultura, uma coesão que, na imaginação hegeliana, seria capaz de resistir ao poder corrosivo dos "tempos modernos [...] em que cada indivíduo reivindica o direito de ter uma maneira de pensar e de sentir eminentemente pessoal".

O triunfo do individualismo, tipicamente romântico, ao mesmo tempo em que atende ao ideal burguês de mobilidade e ascensão social, é forçado a conviver com o anonimato imposto pelo novo estilo de vida da grande Urbe. Neste novo espaço, alijado da Natureza e do ambiente comunitário do campo, o homem passa a se nortear pela exterioridade da posse de bens materiais, pela aparência e pela ostentação. Tipicamente romântico, tipicamente burguês... Nessa altura, entre o final do século XVIII e as primeiras décadas do século XIX, o isolamento do poeta (fantasia ou excentricidade "literária" que se desenrolava desde o século XVI) passa a ser experiência efetivamente vivida pelo homem comum. Antes da mudança que levara a poesia a transitar da forma oral para a forma escrita, o poeta se identificava com o meio e era por este reconhecido como tal; tempos depois, a relação ironicamente se inverte: agora é o homem comum que, sentindo-se "excluído", pode vir a se identificar com o poeta, desde que veja nos devaneios e estranhezas da nova poesia confessional o retrato indireto de suas ansiedades pessoais, banhadas de incerteza, no encalço de um "rosto próprio" e de auto-afirmação. E, claro está, desde que a rasa mediocridade da vida cotidiana lhe permita aperceber-se dessa possibilidade.

3

Inebriado pelo sonho da posse de si mesmo, no bojo da grande revolução romântica, o poeta se dá conta, como observa Albert Béguin (1901-1957), de que "o caminho que leva ao verdadeiro conhecimento do Eu também pode conduzir à perda da individualidade, à sua irremediável dissolução". Em seu anseio por se libertar da realidade imediata, o poeta (prossegue Béguin) começa por descobrir que, "para além de sua significação, boa para os intercâmbios da vida coletiva, as palavras têm outra virtude, propriamente mágica, que lhes permite captar a realidade que escapa à inteligência. [...] Assim, a poesia será uma resposta, a única possível, à angústia primária da criatura prisioneira da existência temporal".[6]

A vida interior aparece então como labirinto sem saída, povoado de recantos secretos, visões fulgurantes e sombras espessas, que ao mesmo tempo dão ao poeta a posse do que lhe parece ser seu Eu profundo, verdadeiro, e o tornam um estranho para si mesmo, "alter ego" sonâmbulo, vinculado a uma dimensão de realidade que o ultrapassa. Na esteira dessa forma peculiar de autoconhecimento deliberadamente não racional, o poeta romântico envereda no rumo do onirismo e do inconsciente, das forças misteriosas da Natureza e dos mitos arcaicos.

Desde que sua poesia passou a circular no espaço silencioso da página impressa; cindido entre personalidade civil e personalidade literária; isolado do mundo, ilhado em si mesmo, e já agora mergulhado numa densa atmosfera de sonho e estranheza criada por ele próprio – o poeta, sem disfarçar a melancolia do gesto, se esforça por encarar como "vingança" o haver encontrado aí seu refúgio, muito acima da banalidade em que se tornou a realidade do homem comum, diluído no anonimato da vida moderna:

---

6 A. Béguin, *L'âme romantique et le rêve: essai sur le romantisme allemand et la poésie française*, Paris, José Corti, 1946, pp. 483, 484.

> A poesia emanada da vida secreta só pode ser assimilada a um conhecimento caso a estrutura mais profunda do espírito e seus ritmos espontâneos sejam idênticos à estrutura e aos grandes ritmos do universo. Para que a cada jorro de imagens corresponda uma afinidade real no universo objetivo, é preciso que uma mesma lei impere no que chamamos exterior e no que nos parece interior a nós mesmos.[7]

Essa vertente onírico-metafísica, talvez a mais característica do grande ideal romântico, presente em poetas como Hölderlin (1770-1843), Novalis (1772-1801), Brentano (1778-1842), Nerval (1808-1855) e tantos outros, perde muito de seu vigor original quando se converte, pouco depois, no sentimentalismo epidérmico de um Lamartine (1790-1869) ou um Musset (1810-1857), forma na qual migrou para o resto do mundo, inclusive de volta para a Alemanha, mas deixa fortes vestígios nas gerações seguintes, delineando o perfil básico da lírica moderna. Na metade do século XIX, *Les fleurs du mal* representa o núcleo para onde converge essa linhagem. Charles Baudelaire (1821-1867) não só estiliza e refina o pendor onírico-metafísico de seus antecessores, como traz esse pendor surpreendentemente de volta à realidade pedestre, à vulgaridade da rua percorrida pelo homem comum, que o poeta agora reconhece como seu "semelhante", ao mesmo tempo amado e repudiado: (auto-) atração e (auto-)repulsa que se conjugam, indissociáveis. Desse estranho consórcio brota, enfim, a modernidade em poesia.

---

[7] Idem, p. 485. Além do estudo clássico de Béguin, o leitor interessado nessa vertente do romantismo pode recorrer, ainda, a duas excelentes investigações: a de Maud Bodkin, *Archetipal patterns in poetry: psychological estudies in imagination* (London, Oxford University Press, 1965), e a de Lilian Feder, *Ancient myth in modern poetry* (New Jersey, Princeton University Press, 1977).

Instalada agora no meio da rua malcheirosa e vulgar, mas sem abrir mão de suas ambições oníricas e metafísicas, essa nova poesia representa uma reviravolta profunda em duas direções concorrentes: a banalidade cotidiana deixa de ser alheia aos interesses do poeta, assim como as excentricidades do mesmo poeta deixam de ser alheias aos interesses do homem comum. A poesia não constitui mais um universo paralelo, incomunicável, às margens do qual a vida "real" continue a fluir. Eliminadas ou abstraídas as máscaras e disfarces de parte a parte, o "paraíso artificial" do poeta e a rua banal da vida diária tornam-se instâncias permeáveis. Trata-se enfim do mesmo universo comum, conturbado e heterogêneo, inóspito em relação não só ao poeta, mas também ao leitor, ainda que este eventualmente não se dê conta disso. Tal é o núcleo da reviravolta baudelairiana, destinada a impregnar sob variadas formas boa parte da poesia do nosso tempo.

O que temos aí é um conluio de dissonância, obscuridade e despersonalização, que veio a compor *o rosto* enigmático, por vezes impenetrável, da poesia moderna. Essas características começam por se manifestar no plano da linguagem. "Entre a linguagem comum e a linguagem poética", afirma Hugo Friedrich (1871-1955), "estabeleceu-se uma tensão desmesurada que, combinando-se com a obscuridade do conteúdo, aturde o leitor. O vocabulário corrente ganha significados insuspeitados, palavras procedentes das especialidades mais remotas se eletrizam liricamente, a sintaxe se decompõe ou se simplifica para formar expressões nominais intencionalmente primitivas [etc.]". As raízes desse procedimento, como não podia deixar de ser, remontam ao exacerbado individualismo romântico, como em Rousseau (1712-1778), que por sua atitude "autística", ainda no dizer de Friedrich, "encarna a primeira forma radical de ruptura com a tradição, que é ao mesmo tempo ruptura com o mundo ambiente. [...] O Eu absoluto, que em Rousseau ganha o caráter patético da grandeza incompreendida, supõe um desligar-se da sociedade".[8]

Tensão, dissonância, obscuridade: a linguagem assim constituída traduz o processo de despersonalização do Eu, que tanto mais se diluirá quanto mais insista em se definir, perdido no labirinto de caminhos que se multiplicam, na fluidez de um poder-ser que jamais se concretiza em ser. Entre a identidade civil irremediavelmente perdida e a identidade poética em permanente construção, o Eu lírico enfrenta a intransitividade de uma vida interior plena de virtualidades, mas carente de vínculos efetivos com a realidade da vida *lá fora*, ao mesmo tempo execrada e almejada. Sartre diria que a auto-identidade buscada pelo poeta só chegaria a fazer algum precário sentido *para si*, mas o autêntico sentido almejado não atingirá sua plenitude se não o for também *para-os-outros*.

Daí a essência emblemática da lírica moderna girar em torno do verbo "ser", conjugado na primeira pessoa. Quando na forma da positividade, o que resulta é a fieira interminável de atributos parciais, facetas de circunstância, fragmentos de vida íntima à procura da inatingível unidade, até a extrema despersonalização que Rimbaud (1854-1891), por exemplo, cristalizou na equação definitiva "Je est un autre", e que em Mário de Sá-Carneiro (1890-1916), também por exemplo, assume a forma da negatividade, para reforçar a fluidez e a indeterminação do pólo positivo, em permanente embate dialético:

> Eu não sou eu nem sou o outro,
> Sou qualquer coisa de intermédio:

[8] H. Friedrich, *La estructura de la lírica moderna*, trad. esp., Barcelona, Seix Barral, 1974, p. 24 e 32. A propósito da importância de Baudelaire para a poesia moderna, o leitor pode se beneficiar ainda do estudo de Marcel Raymond *De Baudelaire au surréalisme*, Paris, José Corti, 1966.

Pilar da ponte de tédio
Que vai de mim para o Outro.[9]

A autodefinição pela negatividade é o que prevalece no poeta pós-romântico, sem que isso remeta a niilismo, autodestruição e sequer a autonegação. A negatividade, agora, já não guarda relação com o "mal-do-século" de uma geração atrás, que respondera com derrotismo e obsessão suicida ao difícil convívio com a subjetividade. A forma negativa na lírica pós-romântica reflete, antes, a consciência da mutabilidade e da indeterminabilidade que passaram a fazer parte integrante do sujeito; reflete, portanto, a multiplicidade de modos de ser, que caracterizam não só o poeta, mas também o homem comum, consciente de suas circunstâncias, que igualmente não tem como se *situar* em meio ao leque infinito de possibilidades que a realidade em permanente construção lhe oferece.

Esboçada a fórmula "Eu sou...", a expectativa alimentada pelo poeta e pelo homem consciente é de que o predicativo faltante venha a ser uma definição efetivamente cabal e abrangente, capaz de apreender não um "acidente" de circunstância, mas a "essência" incondicional do sujeito que se interroga. No mundo moderno, porém, não há nada que possa ser experimentado ou sequer designado como "essência". Na realidade que se estende à frente de poetas e leitores, nenhum sujeito "é", apenas "está". No mundo moderno, a identidade do sujeito resume-se a algo que se constrói, para logo em seguida se desmanchar e voltar a se construir, e assim indefinidamente, na seqüência aleatória de experiências granulares, intransitivas, no bojo de cada qual se desenrola o continuado esforço de construção/desconstrução.

Por trás do roteiro aí delineado, este que culmina na absoluta inocuidade da cláusula "Eu sou...", descortina-se o

9 M. de Sá Carneiro, *Poesias*, Lisboa, Ática, 1953, p. 94.

longo processo que, em filosofia, de Kant (1724-1804) a Heidegger (1889-1976), parece estar empenhado na desconstrução do sujeito, ou da "metafísica do sujeito", tal como esta se configurara com o *cogito* cartesiano. Desde Descartes, a noção de individualidade vem sendo posta em causa, sobretudo no que esta poderia representar, para o homem moderno, de fundamento epistemológico e ontológico. Pondo ênfase na decisiva contribuição de Nietzsche a esse processo, Luc Ferry assim descreve o núcleo da crise que então se instala, e que vem a aflorar na consciência estilhaçada do homem pós-moderno:

> O que se mostra, então, errôneo na noção de individualidade não é o conceito de indivíduo em geral, mas sim um conceito particular de indivíduo, a saber, o indivíduo autonomizado relativamente ao mundo e ao devir e posto como um átomo ou como uma "mônada", quer dizer, como uma unidade última, estável, duradoura, até mesmo indestrutível (imortal), fonte última de seus próprios atos e de suas próprias representações. [...] Em cada homem, reina antes uma pluralidade de centenas de forças que se combinam e se combatem a cada instante (a unidade do Eu é apenas uma ficção).[10]

Desse modo, ganha livre trânsito, na modernidade, uma espécie de individualismo sem sujeito e sem objeto estável, que, contrariamente ao *cogito* cartesiano, desloca do intérprete para a interpretação o centro de gravidade do real. O resultado será o primado de um perspectivismo múltiplo, em permanente mutação. Assim, no caso do poeta, a autodefinição pela negatividade, como assinalamos parágrafos atrás, apenas sublinha a granularidade do

[10] L. Ferry, *Homo aestheticus: a invenção do gosto na era democrática*, ed. cit., pp. 228-229.

"estar", único espaço possível para esse "individualismo sem sujeito", que então se multiplica aleatoriamente, em busca de si mesmo, ao mesmo tempo em que o próprio ato de se buscar e se construir/destruir insiste, nostalgicamente, naquele "ser" cabal, ou na essência absoluta, inatingível, uma vez que "a unidade do Eu", no dizer do filósofo, tornou-se ou revelou-se "apenas ficção":

> Não sou nada.
> Nunca serei nada.
> Não posso querer ser nada.
> À parte isso, tenho em mim todos os sonhos do mundo.[11]

Na perspectiva do poeta, não se trata de alimentar apenas este ou aquele, mas *todos* os sonhos do mundo, de modo que afirmação e negação acabam por se equivaler: *ter* todos os sonhos (positividade) é o mesmo que não *ser* nada (negatividade), e vice-versa. Algumas estrofes adiante, o poeta esclarece e tipifica sua ambição totalizante, positivo-negativa:

> Tenho sonhado mais que o que Napoleão fez.
> Tenho apertado ao peito hipotético mais humanidades do que Cristo.
> Tenho feito filosofias em segredo que nenhum Kant escreveu.
> Mas sou, e talvez serei sempre, o da mansarda,
> Ainda que não more nela.[12]

[11] F. Pessoa, "Tabacaria", in *Poemas de Álvaro de Campos*, ed. org. por Cleonice Berardinelli, Lisboa, Imprensa Nacioanal / Casa da Moeda, 1992, p. 135. Ao leitor interessado nos aspectos ontológicos da autoidentidade do poeta, sugiro o meu *O poema e as máscaras: introdução à poesia de Fernando Pessoa*, 2ª ed., Florianópolis, Letras Contemporâneas, 1999, pp. 51-72 *passim*.

[12] Fernando Pessoa, op. cit., p. 136.

Eis-nos então chegados à morada final que o mundo moderno destina ao poeta: a *mansarda*. Acerquemo-nos desse tópico, com o vagar necessário para extrair daí as reverberações nele contidas.

4

Tendo freqüentado primeiro a praça pública; tendo passado depois pela sala de visitas, de onde logo migrou para o meio da rua, o poeta parece ter encontrado nessa intrigante "mansarda" o seu verdadeiro lugar, na sociedade moderna. Derivada do francês *mansarde* (sinônimo de "água-furtada" e de "sótão"), a palavra designava, de início, um estilo de telhado – uma vertente vertical, outra quase horizontal – concebido no século XVII pelo arquiteto francês François Mansart. O objetivo era prover as residências de um modesto cômodo a mais, improvisado no piso superior, a ser utilizado como depósito de trastes semi-abandonados, quinquilharias de pouco uso. No século XIX, após a segunda revolução industrial, tendo sido as cidades invadidas por levas de camponeses em busca das oportunidades oferecidas pelo meio urbano em franco desenvolvimento (a semelhança com o inchaço das nossas metrópoles, hoje, está longe de ser mera coincidência), as mansardas começam a servir para acomodar os recém-chegados, que se sujeitam ao desconforto da "habitação miserável" (é este o sentido que a palavra passa a ter) enquanto não encontrem pouso melhor. O modesto cômodo inventado por *monsieur* Mansart passa então a integrar, funcional e simbolicamente, a lógica burguesa e capitalista da mobilidade social, primeiro como solução prática e econômica para uma emergência, em seguida, como símbolo da condição inferior, marginal, mas *provisória*, dos que anseiam pela ascensão que a nova ordem lhes propicia.

Não assim na autodefinição do poeta, para quem a condição de inferioridade e marginalidade é *permanente*, seja pelo acréscimo do "e talvez serei sempre", seja sobretudo pela concessão do "ainda que não more nela". Só assim, situando-se à margem da sociedade, mas imiscuído nela, é que o poeta pode sentir-lhe a pulsação plena, de dentro e de fora, como alguém que é "da casa" mas continua a ser um estranho, ou como alguém, enfim, capaz de dedicar a todas as coisas um olhar ao mesmo tempo familiar e estrangeiro.

Quando, nos anos 30 do século passado, ou até antes, poetas como Fernando Pessoa – e foram muitos – escancararam sua negatividade radical, como essa do "Não sou nada. / Nunca serei nada. / Não posso querer ser nada", o gesto pode ter soado, para o leitor da época, como excentricidade de "artista"... esse tipo estranho que nunca sabe o que quer. Hoje, no entanto, a singela seqüência de negações traduz a consciência do homem médio, aturdido não pela obscuridade da poesia, mas pela obscuridade da vida real, esvaziada de qualquer sentido que lhe permita definir-se e situar-se de forma unívoca, minimamente satisfatória e estável.

Tal é a visão exacerbadamente crítica da ordem econômica imposta à sociedade moderna pelo capitalismo, sociedade que Max Weber (1864-1920), por exemplo, define como "um cárcere de ferro" – símile forte, que Marshall Berman assim desenvolve:

> Não só a sociedade moderna é um cárcere, como as pessoas que aí vivem foram moldadas por suas barras; somos seres sem espírito, sem coração, sem identidade sexual ou pessoal, quase podíamos dizer: sem ser. [...] O homem moderno, como sujeito, como ser vivente capaz de resposta, julgamento e ação sobre o mundo, desapareceu.[13]

Embora situado em outra esfera, e com outras ressonâncias, o depoimento do psicanalista Leopold Nosek (entre

[13] M. Berman, *Tudo o que é sólido desmancha no ar*, ed. cit., p. 27.

tantos outros testemunhos a que poderíamos recorrer, em diversos setores) parece apontar na mesma direção:

> O que vemos [nos consultórios] é pobreza construtiva no que nos falam os pacientes de distúrbios alimentares, pânico, humores depressivos ou até mesmo os que apresentam queixa explícita de falta de sentido. Não falam muito, pouco se estendem em suas formulações ou, quando o fazem, não abstraem sua apresentação, têm uma concretude dura, uma exterioridade densa e pouca possibilidade de suspeitarem da existência de uma interioridade.[14]

Vida interior tornada nebulosa, mentes semi-organizadas, percepção grosseira, expressão verbal rudimentar, incapacidade de abstração... Mas não nos deixemos iludir. O quadro aí descrito não diz respeito apenas àquela parcela mínima de indivíduos que se socorrem do consultório psicanalítico: não se trata de algo a ser sumariamente descartado como exceção, anormalidade ou patologia. O quadro parece traduzir, antes, a norma ou a "saúde" média do homem comum, em quem esbarramos em qualquer rua e com quem convivemos. Desde que não a tomemos ao pé da letra, a descrição diz respeito, embora em graus variáveis, a todos nós. Neste nosso tempo globalizado e urgente, o homem médio hesita (ou, no outro extremo, deixa-se paralisar) quando entrevê, através de algum interstício por acaso aberto na massa espessa de inconsciência em que se tornou a vida cotidiana, a pergunta ao mesmo tempo banal e assustadora: "Quem sou?". A resposta, quando alguma ocorre, é no geral o balbucio semi-articulado. Por isso Baudelaire chamou a cada um de nós, seus leitores, "mon semblable, mon frère".

---

[14] L. Nosek, "Destruição da cultura, destruição de significados e representações", *Ciência & Cultura*, SBPC, ano 56, no 4, out.-dez. 2004, pp. 36-39.

Por isso, também, no alentado e clássico ensaio que dedicou ao engajamento do escritor moderno, Sartre afiança que "toda obra literária é um apelo. [...] Escrever é apelar ao leitor para que este faça passar à existência objetiva o desvendamento que empreendi por meio da linguagem. Caso se pergunte a que apela o escritor, a resposta é simples [...]: o escritor apela à liberdade do leitor para que este colabore na produção de sua obra".[15]

O poeta moderno, enfim, de um modo ou de outro alimenta pelo menos a esperança de se comunicar com o leitor, como abertamente o confessava Mário de Andrade (1893-1945), no primeiro quartel do século passado, sob o signo da consciência autêntica e do empenho libertário. Comprometido com as mais avançadas e ousadas experiências estéticas das primeiras décadas do século, um comprometimento que deita raízes, não só mas também na angústia da auto-expressão, Mário não perdia de vista a necessidade de diálogo com o leitor, vale dizer com o homem comum, embora declare *et pour cause* não se importar com isso:

> Canto da minha maneira. Que me importa si me não entendem. Não tenho forças bastantes para me universalizar? Paciência. Com o vário alaúde que construí, me parto por essa selva selvagem da cidade. Como o homem primitivo cantarei a princípio só. Mas canto é agente simpático: faz renascer na alma dum outro predisposto ou apenas sinceramente curioso e livre, o mesmo estado lírico provocado em nós por alegrias, sofrimentos, ideais. Sempre hei de achar também algum, alguma que se embalarão à cadência libertária dos meus versos.[16]

---

[15] J.-P. Sartre, op. cit., p. 39.

[16] M. de Andrade, "Prefácio interessantíssimo", *Paulicéia desvairada* (1922), in *Poesias completas*, 4ª ed., São Paulo, Martins, 1974, p. 30.

Se assim é, para que serve, afinal, a poesia? No fecho deste excurso que nos levou ao poeta da mansarda, podemos retomar o ponto de partida: "A poesia nos ensina a ver como se víssemos pela primeira vez". A desolação do quadro atrás descrito, seja na visão weberiana de Marshall Berman, seja na do psicanalista Leopold Nosek, mostra que a consciência do homem moderno padece de *excesso de realidade*. Privado da imaginação e do sonho, da fantasia e do mito, em nome de uma concepção utilitarista da existência como produção e consumo, o homem tornou-se um ser à deriva, verdadeiramente *alienado* de si mesmo. O homem comum, hoje, ainda e sobretudo quando não tenha a mais remota familiaridade com a poesia, começa a trilhar caminhos que vêm sendo percorridos, há séculos, pelo poeta. Mas não existe a menor possibilidade de que esse homem aturdido ou paralisado pela pergunta "Quem sou?" encontre em qualquer poeta "a" resposta que o satisfaça. Não é para isso que a poesia pode servir, não é para fornecer a quem quer que seja uma resposta ou uma solução. A poesia não "é" a saída, apenas assinala caminhos, e a saída possível, qualquer que seja, não pode ser reduzida a um conteúdo ou a uma norma universal. A poesia será, quando muito, um exemplo de *atitude* a ser recriada pelo leitor, à sua medida e não à medida do poeta.

A poesia pode servir, quem sabe, para nos ajudar a conviver com nossa interioridade, não como forma de isolamento nem como repúdio à realidade de fora, mas como aquela experiência decisiva que pode conduzir à sintonia com o mundo em redor.

Com a ajuda da poesia, podemos reaprender a "ver como se víssemos pela primeira vez", a fim de repor em circulação a fantasia e o sonho, a imaginação e o mito, mas de tal modo que isso não nos leve a perder de vista a realidade pedestre onde nos situamos. Então será possível enfrentar sem hesitação a pergunta "Quem sou?", multiplicada em cada um de nós, não como indivíduos isolados mas como membros de uma verdadeira comunidade. Só por essa via será possível reconstituir o ser coletivo, o tecido social que se esgarçou e nos reduziu a átomos; só assim voltaremos a irmanar-nos no propósito comum de preservar a dignidade da condição humana.

A poesia, enfim, *pode* tornar-nos mais humanos, "pode ajudar-nos", como pondera T. S. Eliot, "a romper com os modos convencionais de percepção e avaliação, levando-nos a encarar o mundo ou parte dele como algo vivo e novo. A poesia pode nos estimular, de tempos em tempos, a que nos tornemos um pouco mais conscientes dos secretos e profundos sentimentos que formam o substrato do nosso ser, no qual raramente penetramos, pois nossas vidas são predominantemente uma constante evasão de nós mesmos e uma evasão do mundo visível e sensível".[17]

---

[17] T.S. Eliot, *The use of poetry and the use of criticism*, London, Faber and Faber, 1950, p. 155.

5

A hora da poesia

1

Parece ter ficado claro que, em matéria de poesia, todo empenho no encalço de definições esbarra numa desconcertante variedade de formas e espécies que, no entanto, não hesitamos em reconhecer como *poesia*, e ao longo de séculos insistimos em abrigar sob o mesmo rótulo. Caso aí se aloje algum substrato geral, como parece ser o caso, este nos escapa. A pesquisadora franco-canadense Katia Stockman é radical em seu ceticismo: "A poesia, essa heroína de múltiplas faces, deveria ela ser definida? Por que defini-la?".[1] Por essa razão, limitamo-nos a perguntar, desde o início, não "o que é" mas "para que serve" a poesia, e a pergunta não fez senão ir-se desdobrando em mais perguntas. "Teoria, teoria, só teoria", terá sido a justa reclamação dos espíritos prátcos, caso algum nos tenha acompanhado para além das páginas iniciais. Com efeito, não encontramos nenhuma resposta que, nesses termos, pudesse ser tomada como satisfatória. Por isso reservamos para este capítulo final uma explanação tanto quanto possível centrada no espírito prático e no senso comum. Retomemos a pergunta, em seu nível mais elementar.

---

[1] K. Stockman, *La poésie à l'ère de la diffusion électronique*, tese de doutorado, Université de Montréal, Faculté des Arts et des Sciences, Departement de Littérature Comparée, 1996, disponível em www.pum.umontreal.cat/theses/pilote/stockman/these.html (02/11/05).

Servir quer dizer: ser útil, prestar ou prestar-se a, dirigir-se a um fim determinado, conter algum proveito, ter algum valor ou serventia... Nosso empenho tornou evidente o desencontro de intenções e a multiplicidade de contextos em que as respostas podem ser dadas. Contudo, insistamos um pouco mais nos caminhos prefigurados pela pergunta.

O primeiro deles, enunciado acima, diz respeito à convicção de que não haverá *uma* e uma só resposta, capaz de cobrir todos os graus e circunstâncias aí implicados. A razão mais plausível para esse relativismo, conforme assinala Cleanth Brooks (1906-1994), é que "todo poeta que lemos altera, de alguma forma, nossa concepção total de poesia". Ignorá-lo, prossegue Brooks, corresponderia a "assumir que a poesia é algo fixo e absoluto, um universo estável à luz do qual podemos julgar qualquer poeta em particular". Se assim o fizermos, conclui o crítico norte-americano, acabaremos por "condenar a maior parte dos poetas modernos, [mas] se optarmos por admiti-los, isso modificará substancialmente nossa concepção de poesia e, em decorrência, muitos dos nossos julgamentos sobre a poesia do passado".[2]

Daí decorre que, ao menos em esquema, não temos senão dois caminhos. De um lado, podemos recorrer à palavra do poeta, este indivíduo acossado pela dúvida quanto à razão de ser de seu ofício e quanto à sua identidade (o marceneiro, por exemplo, não tem necessidade de se perguntar para que servem os móveis; o cirurgião, para que serve a cirurgia; o gestor de estratégias, para que serve o seu plano de metas; e assim por diante). De outro, podemos convocar o testemunho do leitor, que alegará, na medida do apreço absoluto que devote à velha arte dos poetas, "A poesia é imprescindível; sem ela, a vida não faz sentido"; como dirá, também, se a sua medida for outra,

[2] C. Brooks, *Modern poetry & the tradition*, Chapel Hill, The University of North Carolina Press, 1967, pp. xxix-xxx.

"Serve para me distrair, de vez em quando"; ou responderá, na razão direta do nulo interesse que lhe dedique, "É claro que a poesia é só um passatempo inútil".

Do modo como nos propusemos enfrentá-la, seja formulada abertamente, seja subentendida, a pergunta remete às relações entre poesia e sociedade, ou ao lugar ocupado pela poesia e pelo poeta no mundo dos homens, seus pares. A poesia só nos diz respeito como manifestação cultural, histórica, situada no tempo – ou "em situação", como diz Sartre; por isso insistimos em perguntar para que serve ela, hoje, na sociedade *real* em que vivemos, independentemente das respostas que outras sociedades possam ter dado, ou continuem a dar, à mesma pergunta.

Não nos move, enfim, nem nos comove, qualquer concepção de poesia como *ideal*, seja na visão do poeta, seja na do leitor aficcionado, esse para quem a poesia é "eterna", como se aventou num dos excursos anteriores. Move-nos, antes, a constatação de que a poesia é um *objeto* oferecido ao interesse e à percepção das pessoas, vale dizer um dado cognoscível, como inúmeros outros, postos à disposição de todos nós, que vivemos a era da informação e do conhecimento sem fronteiras. Formulemos pois a pergunta, nos devidos termos: para que serve a poesia, no início do século XXI, num país como o nosso, empenhado em safar-se do atraso e do subdesenvolvimento, a fim de inserir-se, com brio, no processo de globalização da economia de mercado?

De acordo com a razão insinuada parágrafos atrás, a pergunta não deve ser feita nem a poetas nem a leitores, já que são todos suspeitos; nem tampouco, e por motivo semelhante, a pensadores e filósofos, professores de literatura, críticos ou teóricos especializados na matéria. Nem mesmo a teóricos "especializados"? Insisto em afirmar que não. Sei bem do aparente paradoxo aí contido. Convém, então, esclarecê-lo, já que nosso propósito é encontrar uma resposta convincente *em termos práticos*.

Se quisermos saber para que serve, digamos, determinada cirurgia de esôfago, consultaremos o cirurgião especialista; se nossas dúvidas disserem respeito à diferença entre "eficiência" e "eficácia", recorreremos não a um bom dicionário, mas ao especialista em *qualidade*; se o *software* que acabamos de instalar em nosso computador não funcionar ou funcionar mal, contrataremos os serviços de um técnico especializado; se o edifício desabar, em algum momento um perito será convocado, para emitir o competente laudo técnico, capaz de dirimir dúvidas, apontar causas e responsabilidades; e por aí vai, indefinidamente. Não é essa – a do *conhecimento especializado* – a noção prática que nos rege a todos, e ao mundo em redor, em todas as esferas? Nos casos mencionados, ou em qualquer outro, similar, só o lunático solicitará a ajuda de um curioso, um palpiteiro ou um generalista. Se assim é em todas as áreas, por que há de ser diferente no caso da poesia? Não seria esta uma "especialidade" como outra qualquer?

Com efeito, é este o raciocínio e é esta a expectativa a que somos induzidos pelas formas mais avançadas da nossa cultura e da nossa civilização tecnicista e utilitarista, de resto com pleno endosso das correntes estéticas que brotam da vanguarda mais ousada do início do século XX, como o futurismo – que aliás constitui, como pondera Alfredo Bosi, "um caso extremo de entrega à concepção tecnicista da linguagem poética. Querendo libertar o escritor, o futurista dava-lhe novas fórmulas que acabariam compondo a nova retórica do texto. A estrutura que subjaz à poética da metalinguagem é o mito capitalista e burocrático da produção pela produção, do papel que gera papel, da letra que gera letra, da rapidez (*time is money*), da eficácia pela eficácia..."[3]

Insisto em afirmar: *o primado da especialidade não se aplica à poesia autêntica*. A razão fundamental é que, à pergunta

[3] A. Bosi, *O ser e o tempo da poesia*, ed. cit., p. 172.

"Para que serve?", a resposta fornecida pelo cirurgião, pelo administrador, pelo técnico em informática ou pelo perito em desabamentos poderá ser comprovada, objetivamente, no âmbito *específico* da cirurgia, da "qualidade", do funcionamento do nosso computador ou dos escombros do edifício. E com relação à poesia? O poeta ou o leitor aficcionado; o pensador, o filósofo, o professor, o crítico ou o teórico (todos especialistas), oferecerão como resposta, sempre, uma explanação que se abre na direção do *sentido* – estético, moral, existencial ou outro – que a poesia tem ou faz para cada um; ou na direção do *valor* (outra vez: estético, moral, existencial ou outro) que esta represente para a sociedade como um todo ou para a vida humana em geral. No caso da poesia, a resposta especializada será, paradoxalmente, *inespecífica*, razão pela qual jamais poderá ser comprovada objetivamente.

Se quisermos saber para que serve a poesia, num país como o Brasil, no século XXI etc., devemos perguntá-lo a alguém de fora, a um não-especialista, que detenha o conhecimento suficiente da sociedade *real* à qual a pergunta se endereça, propiciando-nos desse modo a comprovação da resposta possível. Será essa a única maneira de superar o impasse representado pela inespecificidade dos âmbitos abrangidos pela resposta especializada, conforme propõe o parágrafo anterior. Como estamos interessados no que a poesia representa ou significa *para nós*, homens comuns, e não na miragem do que viria a ser a poesia "em si", não importa que esse não-especialista, a quem nos dirigirmos, eventualmente não tenha, no que se refere à poesia, a familiaridade ou a qualificação que exigimos do cirurgião, do administrador, do técnico em computação ou do perito em edifícios que desabam, cada qual em sua especialidade. Ainda que não ostente esses atributos, o não-especialista nos dirá o que a poesia representa ou significa para ele e para a sociedade real, que ele, aí sim, conhece e domina como especialista. Será uma resposta válida como qualquer outra. Na verdade, tendo em vista o caminho prático adotado neste excurso derradeiro, será a única resposta válida.

Tal caminho não constitui mera conjectura, não é nenhuma divagação meramente especulativa. A resposta que pretendemos existe e está a nosso alcance, um pouco por toda parte, mas pontualmente numa crônica, em vários aspectos preciosa, recentemente estampada em periódico de circulação nacional.[4] Ao mesmo tempo em que se apóia, ou parece apoiar-se, numa idéia segura do "mundo real" em que vivemos (o autor é economista, como informa o rodapé da crônica), a matéria fornece-nos também, embora *en passant*, um juízo claro acerca do poeta e da poesia. Temos aí respostas práticas não só à pergunta que nos interessa, mas a esta outra, decisiva: "Que país é este?". E é um texto vazado em linguagem simples e clara – o que não é pouco, se nos lembrarmos de que qualquer daquelas perguntas, ortodoxamente respondida por especialistas, seja na realidade do país, seja em poesia, resultaria em volumosos tratados, eventualmente inconclusivos e, não raro, ilegíveis.

Convido então o leitor a acompanhar comigo a análise das passagens mais significativas dessa crônica, que aborda um tema da maior importância: a *leitura*, não a de poesia, tarefa especializada, mas a de textos em geral. Temos aí um diagnóstico realista, vale dizer isento, sobre o estado atual da capacidade de leitura do brasileiro, questão sobremodo relevante, para nós, já que a poesia, a moderna ou outra, como sabemos, sequer chegaria a existir se não fosse lida, e bem lida. Embora a antiga arte dos poetas não faça parte do arrazoado que integra o diagnóstico proposto (a bem dizer, seria um tópico perfeitamente dispensável, como veremos), a crônica, no seu fecho, nos dirá para que serve a poesia, segundo a óptica da sociedade "real" em que vivemos.

---

4 "O Brasil lê mal", Cláudio de Moura Castro, revista *Veja*, 06/03/2002, p. 20.

O rumo cerradamente reflexivo, percorrido nos capítulos precedentes, envolveu sempre o risco do excesso de abstração, fazendo pairar sobre nosso propósito a ameaça de que a poesia, e o que lhe diz respeito, acabasse por se constituir num mundo à parte da vida real. Tal excesso, caso tenha ocorrido, pode ser compensado, agora, por este mergulho na realidade palpável, propiciado pela análise de um texto jornalístico de boa qualidade, sem maiores pretensões, não obstante a gravidade das questões que aborda.

2

O título da crônica, "O Brasil lê mal", já nos situa no cerne da questão, mas tomá-lo ao pé da letra não seria justo. Se o País todo lê mal, nós, leitores da revista, não seremos capazes de atinar com o sentido verdadeiro do juízo a que estamos sendo expostos, já que o leremos mal. Mas se formos capazes de ler bem, contrariando o alcance da condenação estampada no título, entenderemos que este deve ser encarado como linguagem figurada: hipérbole, generalização excessiva, jogo retórico. Se o tomássemos ao pé da letra, estaríamos endossando o juízo, e este nos passaria despercebido. A leitura adequada do título-diagnóstico será, então: o Brasil lê mal, sim, mas isto não inclui os leitores da revista, caso contrário tratar-se-ia de uma crônica natimorta, carente de receptores à altura. Algo a recriminar quanto à retórica do título? Em absoluto. É o que compete ao espírito e à forma da peça jornalística, mesmo porque é só o título. O texto se incumbirá de colocar as idéias e os juízos no devido lugar. Quando não, caberá ao leitor, se for o caso, descontar os exageros e ficar apenas com a presumível porção razoável das afirmações peremptórias que, a exemplo do título, *porventura* surjam no curso da argumentação.

O texto começa por fazer referência a uma crônica anterior, em que o autor tratava dos critérios de avaliação dos nossos cursos superiores e que veio a receber acerbas críticas de alguns leitores, "um punhadinho de doutos médicos [que] não soube ler o texto". Com base nesse incidente, o cronista aventa uma hipótese: "Se até na carreira mais elitizada de todas parece haver uma patologia no ato de ler, imagine-se no resto". Tal expediente, no mesmo diapasão do título, é o seu tanto bombástico, mas não nos esqueçamos: trata-se de um texto jornalístico, em seu afã de causar impacto, logo na abertura, e preparar o terreno para o tema agora em pauta, qual seja a qualidade da leitura da nossa gente.

No passo seguinte, hipóteses à parte, um fato real é anunciado: "Para diagnosticar tal enfermidade, o Instituto Nacional de Estudos e Pesquisas Educacionais (Inep/MEC) buscou uma clínica de luxo, o Pisa. Trata-se de um sistema de testes de rendimento escolar organizado sob a bandeira dos países-membros da Organização para Cooperação e Desenvolvimento Econômico (OCDE), o clube dos ricos". Valeria a pena destacar os vocábulos "patologia", "diagnosticar", "enfermidade" e "clínica", utilizados para discorrer sobre... leitura? Interferência indireta do "punhadinho de médicos"? E isso dos testes de rendimento escolar subordinados ao "clube dos ricos"? Bem, continuamos no terreno da retórica e das figurações livres. Não fosse isso e estaríamos só diante do fato real (os testes de rendimento escolar) e não diante do fato impregnado de intenso jogo de cena, talvez obscurecedor, mas paradoxalmente revelador dos verdadeiros critérios subjacentes à explanação. Conclusão: não vale a pena chamar a atenção para os destaques, já que isto conduziria a outro tema: a qualidade, já agora, da escrita e não da leitura de nossa gente. Fiquemos então com o tema da leitura e com os testes que partem no encalço da sua avaliação:

> Ao contrário dos testes convencionais, não se trata de professores decidindo o que alunos devem saber. Os organizadores foram ao mundo real das sociedades modernas e perguntaram que conhecimentos lingüísticos seriam necessários para operar com êxito nas empresas e na vida. Portanto, os testes buscaram a competência em leitura que se usa no mundo real – é o que migra da escola para a prática.

Louvável a agudeza do critério que contrapõe, de um lado, "professores decidindo o que alunos devem saber" e, de outro, "a competência em leitura que se usa no mundo real"; louvável também a firmeza do princípio segundo o qual essa competência "é o que migra da escola para a prática", já que se trata, evidentemente, de via de mão dupla; louvável, por fim, a franqueza com que a mesma competência é concebida em termos de "conhecimentos lingüísticos [...] necessários para operar com êxito nas empresas", embora paire alguma dúvida quanto ao complemento "e na vida". (Neste passo fica a dúvida, mas no final a crônica fornecerá uma boa pista para o que viria a ser "operar com êxito... na vida".)

Em seguida, é registrado o fato de que esses testes se aplicam, invariavelmente, a jovens de 15 anos de idade, não importando a série que estejam cursando. Como no nosso sistema de ensino a defasagem idade-série é significativa, diz a crônica, fomos prejudicados. "Analisando apenas os estudantes sem atraso, nossos escores empatam com os da Rússia", argumenta o cronista, para adiante asseverar: "Mas isso tudo é irrelevante. O que interessa saber é por que não aprendemos a ler corretamente". Sem dúvida, o que interessa é isso mesmo. Mas será tão irrelevante assim a questão da faixa etária, como critério de escolha, e a da defasagem idade-série? Bem, mais uma vez, digamos que não vale a pena destacar estes pontos, por razões semelhantes àquelas assinaladas em relação aos possíveis destaques anteriores. Fiquemos só com o que interessa, de acordo com o teste do "clube dos ricos", segundo a crônica. O que o teste revela?

> O Pisa mostra que os alunos brasileiros conseguem decifrar o texto e ter uma idéia geral sobre o que ele está dizendo. Daí para a frente, empacam.

Analisemos a passagem, desmembrando-a nas três asserções que nos informam sobre a performance dos alunos brasileiros: [1] *decifram o texto*, [2] *têm uma idéia geral*, [3] depois *empacam*. Quem sabe, assim, conseguimos atinar com a lógica que subjaz ao arranjo. Se [1] é verdadeiro, [2] e [3] não procedem, isto é, se de fato os alunos conseguem "decifrar" o texto, então não ficam só na "idéia geral" e, portanto, não haveria neste caso nenhum "daí para a frente". Mas está claro que "daí" não se prende a [1], etapa final da leitura competente (que não ocorreu), mas sim a [2]. O desencontro entre as cláusulas decorre do uso heterodoxo da conjunção "e", que articula [1] e [2]. A gramática ensina que é uma conjunção aditiva, mas na passagem o conectivo exerce função explicativa. Devemos entender, para fazer justiça à lógica aí subjacente, que [2] não se adiciona a [1], o que seria uma incongruência, pois esta cláusula já contém aquela (não seria possível decifrar o texto sem ter dele, antes ou concomitantemente, uma idéia geral); e devemos entender, também, que a segunda cláusula, ao explicar, esclarece e corrige o sentido (impróprio) da primeira: ao contrário do que [1] aparenta dizer, [2] e [3] revelam que os alunos na verdade *não conseguem decifrar o texto*. O recorte formal das frases é gramaticalmente correto; a lógica declarada, por meio da conjunção "e" e da locução adverbial "daí para a frente", é que é falsa. E a causa não provém da lógica, falsa ou verdadeira, mas da carga semântica impropriamente atribuída ao verbo "decifrar": o que os alunos submetidos ao teste conseguem não é "decifrar", mas apenas "fazer uma idéia geral" do texto, razão pela qual, justamente, não chegam a decifrá-lo e, por isso, "daí para a frente, empacam".

Observe-se, aliás, que se não lêssemos bem a crônica (o que inclui captar-lhe a intenção, ainda que prejudicada pela forma hesitante a que recorre), esta poderia ser acusada de contraditória e incongruente, quando o que há é apenas algum titubeio semântico e lógico-sintático. Questão de forma e não de conteúdo, diria o conselheiro Acácio. Mas vamos às camadas menos ligeiras do diagnóstico.

Em consonância, talvez, com o fato de os testes serem concebidos e aplicados pelo "clube dos ricos", os alunos brasileiros que a eles se submeteram, informa a crônica, foram escolhidos entre os que freqüentam as "nossas escolas de elite". O mau resultado obtido, pondera o cronista, "não seria uma grande surpresa, diante da realidade das nossas escolas públicas. [...] Mas poderíamos esperar que nossas escolas de elite fizessem uma bela apresentação. Afinal, operam com os melhores professores, os melhores alunos e sem problemas econômicos prementes". No entanto "saímo-nos mal, muito mal. A proporção de brasileiros de elite capazes de compreensão perfeita dos textos escritos é muito pequena".

Pois é... Mas antes de prosseguir cumpre assinalar que "compreensão *perfeita* dos textos" é só mais uma hipérbole; tal como acontece com o título, e com outras passagens da crônica, o adjetivo não deve ser tomado ao pé da letra. Para que o raciocínio em causa seja assimilado na medida justa, será necessário substituí-lo por outro mais adequado: uma compreensão aceitável, ponderada, razoável, satisfatória etc. A não ser que algum despropositado ideal de "perfeição" tenha de fato interferido, insidiosamente, na concepção dos testes e nos critérios de avaliação. Se estes esperavam "compreensão *perfeita*", nenhum aluno, brasileiro ou não, poderia sair-se bem.

Seja como for, ficamos sabendo que nossa capacidade de compreensão (sem adjetivos) de textos "é muito pequena, comparada com a taxa de outros países". Não temos a íntegra do resultado, mas a crônica informa que os EUA marcaram 13% e a Coréia, 6%. Nós ficamos com a lanterna, 1%, abaixo até mesmo do México, o único país "em desenvolvimento", além do Brasil, a participar do certame. E empataríamos com a Rússia, se não tivéssemos sido prejudicados pelo critério da idade. E não pense o leitor que educação, ensino, qualidade de leitura e congêneres estejam sendo tratados como mercadorias na Bolsa de Valores ou como o desempenho de atletas em competições esportivas. Tudo não passa, outra vez, de linguagem figurada. Com esse recurso, o texto pretende apenas representar, metaforicamente, a necessidade de adotarmos, para educação, ensino, leitura etc., critérios de avaliação firmes e realistas, objetivos, baseados em espírito prático. Nada de divagações, ensina-nos a crônica, nada de especulações teóricas, nada de "filosofias" que não possam ser convertidas em números, quantidades palpáveis. Tal é, aliás, o espírito que elegemos para guiar este excurso final. (Perdoe-nos o leitor a delonga, mas, creia, todo este arrazoado em torno da qualidade da leitura dos nossos jovens acabará por nos conduzir ao propósito maior, que é responder à pergunta "Para que serve a poesia?". A seu tempo, chegaremos lá.)

Em seguida ao anúncio do resultado, a crônica não tergiversa com indagações em torno, por exemplo, de critérios subentendidos ou irrealistas (aquele relativo à "perfeição", por exemplo, ou esse outro, a propósito de "operar com êxito nas empresas e na vida") e de possíveis interesses colaterais, que conduziriam a infindáveis controvérsias, digamos, ideológicas. O diagnóstico vai direto à *causa* do malogro: "nossa incapacidade de decifrar um texto escrito não se deve à pobreza, mas a um erro sistêmico", sendo que "pobreza", no caso, é a de ordem material e refere-se ao fato de que os estudantes sabatinados freqüentam escolas de elite, mas parece ficar subentendido que a outra pobreza, a de ordem espiritual ou cultural, não tem preço. O texto aparentemente descarta a hipótese de que a ordem espiritual não valha nada. Qual é, pois, o "erro sistêmico"? Resposta: "estamos ensinando sistematicamente errado". Eis aí, então, a causa, única e exclusiva: a escola, os professores, o ensino do vernáculo. O texto não dá mostras de admitir outras explicações, embora forneça, involuntariamente, indícios seguros de pelo menos uma segunda causa, extra-escolar, tão forte quanto a assinalada. Vale a pena desenvolver este ponto.

Ao cogitar dos "conhecimentos lingüísticos *necessários para operar com êxito nas empresas*", a crônica registra sua firme adesão a uma concepção utilitarista da língua, cujo horizonte é determinado pela ordem econômica vigente, essa ordem ciosa de seus resultados práticos e imediatos. Daí não será de esperar, já se vê, que escolas e professores percam tempo com a língua portuguesa como sistema complexo e ferramenta cultural de largo espectro, vale dizer como fator decisivo na formação humanística do futuro cidadão. À boa ordem econômica só interessa aproveitar, do idioma, o que seja imediatamente utilizável nas empresas, e o fato de tal opção rebaixar o sistema lingüístico às suas formas mais rudimentares não parece causar preocupação aos defensores deste argumento. Para que tão portentosa massa lexical? – perguntariam eles. Para que tal fartura de tipos de oração e de período, esdrúxulos e capciosos? Para que todo esse emaranhado de regências e concordâncias? Para que tantos modos e tempos e flexões verbais? Para que, enfim, tantas regras, cada qual acompanhada de infalíveis e numerosas exceções, se na "vida real" não se usa nem 10% disso tudo? E o argumento costuma ser proposto como se o pseudo-idioma que daí resultasse, a exemplo do que ocorre com o chamado inglês "instrumental", ramo de negócios, hoje, tão promissor, pudesse sobreviver ou sequer ser assimilado sem o conhecimento e o domínio sistemático das formas mais complexas. Estará isso a indicar que o português, em razão de sua notável complexidade, começa a ser tratado, em casa, como "língua estrangeira"?

Mas voltemos à crônica. O fraco desempenho dos jovens brasileiros, em matéria de leitura, deve-se, sem dúvida, como assevera o autor, às escolas, muitas das quais talvez ensinem mesmo "sistematicamente errado", mas deve-se *também* à pressão geral de toda a sociedade, que estimula esses mesmos jovens a não desperdiçar energia com luxos e superfluidades como a língua em sua plenitude, o pensamento, os valores do espírito, a cultura... Com esta ressalva não pretendemos, claro está, eximir de culpa escolas e professores, mas chamar a atenção para o fato de que estes ensinam pior ainda, quando se esforçam por atender a essa perversa demanda de um português "instrumental", suficiente apenas "para lidar com êxito nas empresas". A crônica parece ignorá-lo, mas há professores e escolas que, sucumbindo à pressão, enveredam por esse rumo – e aí está outra boa razão para o pífio desempenho de nossos jovens, em matéria de leitura. Mas não nos antecipemos: mais adiante a crônica nos dirá o que é "ensinar certo".

No mesmo fluxo impetuoso em que a escola é denunciada como causa única da má performance dos jovens leitores, o texto prossegue: "Se assim é, passar a ensinar certo deve trazer incontáveis benefícios para a educação e para a sociedade. E não pode ser tão difícil assim". Alguém duvida que ensinar certo traga benefícios? A lógica é impecável e conta ainda com a veemência que radicaliza, para afastar eventuais tibiezas. Caso algum espírito mal-avisado imagine que "ensinar certo" não é fácil, a crônica toma a dianteira e garante, taxativa: "não pode ser tão difícil assim". De fato, não é. Basta examinar com atenção o *cenário* em que o diagnóstico e a denúncia se inserem, em especial no que diz respeito aos critérios adotados para os testes. Não se inspiram estes no "mundo real das sociedades modernas"? Então não há que hesitar: "ensinar certo" será converter o nosso combalido ensino que vai da 1ª à 8ª série num MBA Júnior ou Mirim, profissionalizante, (ad)ministrado pelas empresas. Com isso, o governo e a sociedade civil pouparão os vultosos recursos atualmente despendidos com Educação e as empresas não terão dificuldade em transformar em lucro os seus novos encargos.

Platão talvez não ficasse muito feliz com a solução, mas não teria nenhum argumento consistente a contrapor; Huxley teria a certeza de que suas previsões se cumpriram, sem necessidade de manipulação genética; Max Weber eliminaria qualquer possível dúvida quanto a estarmos todos trancados num "cárcere de ferro"; e nós teríamos a convicção, plena de orgulho, de que nossos jovens nunca mais dariam vexame, quando instados a competir com seus colegas coreanos ou norte-americanos – todos a "operar com êxito nas empresas", aos 15 anos.

Seria uma revolução, não resta dúvida, como pondera, no seu fecho, a crônica que vamos lendo: "A revolução possível na competência em leitura de nossa gente nos permitiria galgar outro patamar de desenvolvimento". Mas logo voltaremos a isso. Fiquemos por ora com a passagem que esclarece a questão técnica (o diagnóstico não fica apenas nas generalidades), relativa à leitura e seu ensino, com seu "erro sistêmico", e onde pode estar subentendido o que seria "ensinar certo", sem ironia:

> Parece haver uma estratégia errada no ensino da leitura. Os alunos se contentam com uma compreensão superficial do texto. Satisfeitos, passam a divagar sobre o que pensam, sobre o que o autor poderia estar pensando, sobre o que evoca o texto. Mas isso tudo ocorre antes de acabarem de processar cognitivamente o texto, de decifrá-lo segundo os códigos rígidos da sintaxe. Dispara a imaginação, trava-se a cognição.

Aí está! O argumento é certeiro: apressadamente satisfeitos com uma primeira leitura, superficial, que lhes permite não "decifrar", mas tão-somente apreender uma idéia geral do texto, os alunos põem-se a divagar. Tal procedimento, porém, não é percebido por eles como tal, isto é, os alunos se comprazem em divagações, como se estas equivalessem a uma interpretação legítima. Como, por esse caminho, as "interpretações" naturalmente se multiplicam, aleatoriamente, os alunos deduzem que compreender um texto é isto mesmo: divagar, isto é, dar a sua contribuição "pessoal", facultando-se a cada um a liberdade de o fazer como bem entenda, na medida de seu arbítrio. Tudo se passa como se essa multiplicação de caminhos e sentidos fosse inerente ao texto e não mera conseqüência da abordagem inadequada, permitida pelo excesso de complacência de um ensino estilo vale-tudo, entendido por alguns como estilo "democrático" ou "politicamente correto".

A leitura adequada exigiria uma postura impessoal, neutra, pelo menos até que se perfizesse, como diz a crônica, o "processamento cognitivo" do texto; a partir daí, sim, todos seriam convidados a dar sua contribuição pessoal, sem aspas. Cumprida a exigência da leitura (desse tipo adequado de leitura), o leitor poderia passar de intérprete, em sentido estrito, a colaborador ou co-autor. Caso isto ocorra antes, a compreensão ficará prejudicada e a contribuição será inócua.

Entremos no recesso do argumento. A "estratégia errada" a que se refere a crônica tem que ver com despreparo pedagógico e/ou com as distorções do "politicamente correto". O que parece contar aí, na verdade, é a hipervalorização da criatividade e do personalismo – item de amplo interesse, pegagógico e cultural. Nossos alunos, não apenas no que se refere ao "ensino da leitura", mas ao ensino em geral, são induzidos, pela escola e pela sociedade, a julgar que só serão valorizados, como alunos e como pessoas, se tiverem idéias próprias, se mostrarem iniciativa, se forem capazes de contribuições originais – se conseguirem distinguir-se da massa anônima, em suma. Assim, confrontado com um texto a ser modestamente lido; solicitado a pôr sua capacidade de percepção ou sua inteligência a serviço do pensamento alheio (o pensamento objetivamente expresso no texto), o aluno é subliminarmente induzido a tomar a tarefa como pretexto para exibir personalidade, originalidade e criatividade, recorrendo então ao expediente fácil da divagação. Aí reside o equívoco. E não se trata, é bom frisar, de desencorajar o aluno imaginativo, mas de dar-lhe a ver que esta é a solução certa para o problema errado. Ler bem, no caso, não requer, mas repele qualquer esforço de originalidade e seus acompanhantes habituais: o jeitinho e a improvisação leviana.

Aí está, devidamente analisado e esclarecido, o ponto alto do diagnóstico proposto pela crônica. Mas, ainda em termos técnicos, não será possível aceitar que os alunos decifrem o texto "segundo os códigos rígidos da sintaxe". Qualquer boa estratégia de ensino da leitura (não há uma só, há várias) dificilmente se coadunaria com "rigidez", a não ser que se pretendesse impor ao aluno essa miragem que é o sentido *unívoco* do texto, em vez de, efetivamente, ensiná-lo a ler os sentidos possíveis; e a "sintaxe" é só um dos níveis ou estratos textuais, de modo que se apegar a seus "códigos rígidos" (quais seriam, aliás, esses "códigos rígidos"?) não resultaria em decifrar seja o que for, a não ser esses mesmos códigos. Mas, convenhamos, são detalhes técnicos, que o cronista-economista não tem a obrigação de dominar, embora isso não lhe casse o direito de dar palpites.

O argumento que justifica o juízo "O Brasil lê mal", esse que fala da apreensão de uma idéia de superfície, a que logo sobrevém a falácia da divagação, já havia sido satisfatoriamente exposto, e é um bom argumento, a despeito das impropriedades assinaladas. No entanto, a sedução da retórica faz que o parágrafo prossiga com uma frase de efeito, "Dispara a imaginação, trava-se a cognição", cuja função seria apenas reforçar, mas que acaba por introduzir dificuldades conceptuais de vulto. Analisemos o ponto (é outro caso de impropriedade semântica), na prática, sem recorrer a teorias ou a argumentos pesadamente técnicos.

Onde se lê "imaginação", entenda-se tão-somente "divagação", ou seja, aquele derivativo a que recorre o aluno afoito, e ilusoriamente "criativo", antes de atingir a compreensão cabal do texto; e onde se lê "cognição", leia-se isso mesmo, "compreensão", ou seja, aquela tarefa impessoal a que o aluno se furta, pois já se satisfaz com uma idéia geral. Repare-se que estamos lidando apenas com o vocabulário constante da crônica, sem nada acrescentar ao argumento exposto. Assim, a frase de efeito, atrás destacada, passaria por aceitável se dissesse: "Dispara a divagação, trava-se a compreensão". Caso o estilo exigisse variar, o primeiro termo seria substituível por "devaneio" ou "fantasia", digamos, e o segundo, por "entendimento" ou "decifração". Com isso, estaria preservada a coerência do argumento, seriamente comprometido pela impropriedade conceptual que trata "imaginação" e "cognição" como compartimentos não só estanques, mas excludentes. Difícil imaginar (sem trocadilho) qualquer ato cognitivo que não envolva o seu tanto de imaginação, ou qualquer empenho imaginativo que não abrigue alguma parcela de cognição. A não ser, claro, que empreguemos, com excessiva liberdade e sem nenhum rigor, "imaginação" como sinônimo de "divagação" e "cognição" como equivalente de "compreensão".

Conforme advertimos de início (o exagero estampado no título serviu de aviso), é preciso dar o devido desconto e não tomar ao pé da letra nem o todo do diagnóstico nem as suas partes. Feito o desconto, temos aí uma procedente denúncia e pelo menos um bom argumento, esse da divagação que faz as vezes de interpretação. A crônica poderia muito bem ter dado por concluído, neste ponto, o seu arrazoado, passando logo para o fecho, que fala da "revolução possível na competência em leitura de nossa gente". Mas, outra vez, quem sabe aliciado pela frase de efeito acima analisada, o texto insiste com outra frase de efeito: "Lemos como poetas e não como cientistas". Peço ao leitor que sublinhe este juízo precioso e reflita nele com atenção, pois aí começa a ser respondida nossa pergunta crucial, "Para que serve a poesia?", além de se justificar o termos dedicado tanto do nosso tempo à questão da capacidade de leitura dos adolescentes brasileiros.

Inútil perguntar o que vem fazer, no contexto da crônica em análise, a figura do poeta, e tomada não como espécie de escritor, mas como exemplo de (mau) leitor. Baste observar que temos aí mais um caso de linguagem figurada. Onde está "lemos como poetas", entenda-se: "lemos como indivíduos avoados, distraídos, que se comprazem em divagar, devanear, fantasiar, sonhar". Isto é, "poeta", no caso, não passa de um estereótipo vulgar – que se aplica a muita gente, sem dúvida; aplica-se, decerto, aos jovens que fizeram feio papel no certame internacional recenseado na crônica; aplica-se também a muitos "poetas" – ou, melhor, a muitos indivíduos que se iludem julgando que *isso* é poesia. Mas não se aplica a nenhum poeta propriamente dito.

"Lemos como poetas e não como cientistas" traduz só a irreflexão do lugar-comum e é mais uma generalização despropositada, além de constituir uma leviandade em matéria de argumentação, pois corresponde à pretensão de que clichês e estereótipos sejam portadores de raciocínio. O mais grave, no que se refere à *comprovação* da idéia (é para este fim, o de comprovar, que o texto lança mão da retórica, do exagero, dos símiles etc.), é que convocar os "poetas", utilizando-os como exemplo de maus leitores, nada acrescenta ao argumento até aí exposto. O mais interessante, porém, ficou para o final. Prometemos que toparíamos aí com uma resposta prática e satisfatória à pergunta "Para que serve a poesia?" e a promessa pode finalmente ser cumprida. Logo adiante do clichê dedicado ao poeta-mau-leitor, vem a seguinte ressalva, esclarecedora:

> Mas antes da hora de ler poesia, após o jantar, há que ler contratos, cartas comerciais, bulas de remédio, instruções de serviço, manuais, análises da sociedade e dos políticos e por aí afora.

Vencida a larga e frutuosa reflexão propiciada pela crônica "O Brasil lê mal", eis-nos de súbito reconduzidos ao nosso ponto de partida. Dissipam-se finalmente todas as dúvidas: *a poesia serve como digestivo*. Usa-se depois do jantar, quem sabe (não pelos adolescentes testados pelo "clube dos ricos", mas pela população adulta do País) entre o cigarrinho de palha e a dormideira, ou entre o puro havana e o legítimo *cognac* – conforme o *patamar* em que se situe o interessado. Se o poeta, como leitor, é um sujeito avoado, distraído, mente e espírito a divagar sem rumo, por que razão desenvolveria ele, enquanto poeta propriamente dito, outros dons, outros modos de ver e de ser? Por que razão a poesia, essa que se lê depois do jantar, estaria apta a divisar e a expressar outros mundos, senão esse mesmo, o do devaneio inconseqüente, da fantasia sem propósito e do bocejo? A boa lógica sugere que a incapacidade de intelecção está para o poeta-leitor assim como a ininteligibilidade está para os resultados que ele produza, na qualidade de poeta-escritor. Logo, não há que perder tempo cogitando da hipótese (absurda) de ler poesia. Poesia não se lê: usa-se. Quer dizer, deitam-se os olhos sonolentos a algumas páginas folheadas com languidez, para que a divagação role solta. Se o poeta passa a vida nisso, nós outros, mortais comuns, também temos o direito, vez ou outra, de nos deliciar com o mesmo regalo. Mas só depois do jantar.

E não se deixe iludir o leitor pelo fato (insidioso) de a poesia ser constituída de palavras, as mesmas palavras que empregamos com a árdua responsabilidade dos trabalhos do dia-a-dia; palavras que formam frases e se articulam em períodos. Bem, nem sempre formam, nem sempre se articulam. Os poetas, às vezes, são uns insubordinados. Mas, como diria Rimbaud, *ça va qu'en même*.

Como ensina a crônica, as palavras utilizadas pelo poeta não dizem nada, não expressam nada – nada, ao menos, que solicite ou comporte entendimento ou decifração. Cognição, já agora, nem pensar. Nada que mereça *leitura*, enfim. (Será que o cronista se refere, com refinada sutileza, à poesia "vocal", que ocupou por um momento nossa atenção, num dos capítulos anteriores?) A crônica assegura, enfim, que a poesia, usada com moderação, após o jantar, é a justa recompensa para quem enfrentou uma difícil jornada de trabalho, a "processar cognitivamente" contratos, cartas, bulas, instruções e manuais; poesia é como o torrão de açúcar que se dá ao eqüino que realizou a contento o exercício comandado pelo domador. (Causaria preocupação o fato de que "análises da sociedade e dos políticos" se incluam no mesmo espinhoso rol das cartas comerciais e dos contratos, dos manuais, das bulas e das instruções de serviço, a serem decifradas antes do jantar?)

3

Preocupante para valer é que o Brasil de fato lê mal, como já se sabe, há tempos. Mas a crônica parece julgar que o diagnóstico emitido com o respaldo de um organismo internacional, de primeiro mundo, pesa mais do que a consciência de cada um. A retórica alarmada e alarmante do texto que acabamos de analisar não traz nenhum dado novo, embora tenha o mérito de oferecer *a* solução definitiva para o problema da incompetência de nossa elite juvenil, em matéria de leitura: "ensinar certo". A crônica não se dá conta de que o seu "ensinar certo" resultaria em ensinar mais errado ainda? Difícil atinar com o que seja, propriamente, "ensinar certo"? Impossível pô-lo em prática? Nada a recriminar. Platão também, como sabemos, propôs a solução definitiva não só para este, como para todos os problemas da República, e nada foi posto em prática. Ou foi?

Por outro lado, e atendo-nos agora à questão do papel social do poeta, que vimos perseguindo desde o capítulo de abertura, o quadro geral, desenhado parte voluntária, parte involuntariamente pela crônica da revista, talvez seja de fato alarmante. Caso a poesia possa servir para alguma coisa, seja o que for, isto só se concretizará caso ela seja lida, e bem lida. *Ergo*, se o país lê mal... A não ser que o pífio desempenho de nossos adolescentes em testes dessa ordem, destinados a qualificá-los ou não para "operar com êxito nas empresas", não os desqualifique, também e necessariamente, para lidar com outras espécies de leitura. Não, o quadro talvez não seja tão alarmante assim; quem sabe, submetidos a testes menos obtusos, nossos jovens, esses mesmos que empataram com a Rússia, ficaram atrás do México e foram surrados por Coréia e EUA, já se saíssem melhor...

De qualquer modo, sirva de consolo saber que, no "mundo real das sociedades modernas", a poesia cumpre pelo menos com o benemérito papel de induzir as pessoas a sonhar e devanear. Talvez esteja aí o sentido do que a crônica entende por "operar com êxito na vida". Há que louvar a lógica do argumento: um tanto de trabalho responsável, outro tanto de irresponsabilidade ociosa – regulados pelo relógio, pelo estômago e pela rígida divisão de tarefas – e está assegurado o equilíbrio individual e coletivo da Pólis. Simão Bacamarte, nosso luminoso alienista, não raciocinaria com tanto método e tão extrema lucidez.

A bem da verdade, e em defesa do orate machadiano, o que temos na crônica em questão é um exemplo de esforço argumentativo que se obriga a ter respostas infalíveis para tudo – primarismo inversamente proporcional à genuína busca da verdade ou de alguma verdade possível. À nossa crônica parece bastar o dogmatismo de uma verdade forjada *a priori*. A pressão extrema, decorrente da obrigação de ter respostas infalíveis para tudo, faz que a "força" do argumento, mero jogo retórico, se sobreponha ao raciocínio, que aos poucos se dilui, substituído pelo arrebatamento emocional – matriz de variadas formas de sectarismo e totalitarismo, como vimos no capítulo dedicado a Pound e Confúcio.

A ironia é que raciocínio impregnado de emoções (mas não substituído por estas) tem que ver justamente com a arte dos poetas – em sentido próprio, não figurado. Como diz Fernando Pessoa, "O que em mim sente 'stá pensando". E sabemos bem que raciocínio impregnado de emoções, ou vice-versa, vem a ser, afinal, a matéria híbrida de que se forma toda poesia genuína – não qualquer poesia, claro está, mas só a que não se compraz no sentimentalismo epidérmico e no imediatismo da estesia verbal, vale dizer a poesia que contenha uma intensa carga de reflexão. Eliot já nos alertara: "A causa mais comum da insuficiência de nossas teorias e generalizações sobre poesia é que, pretendendo aplicar-se a toda a poesia, elas na verdade constituem teorias ou generalizações sobre uma limitada espécie de poesia

[...], razão pela qual não se pode esperar de nenhuma crítica, de nenhuma época, que ela abarque a natureza plena da poesia nem que esgote todos os seus usos".[5]

Assim, o uso da poesia como digestivo, essa benfazeja panacéia com que nos deparamos neste capítulo final, poderá alternar com outros usos possíveis – como este, em que vimos insistindo desde o início, da poesia como estímulo à reflexão, desde que aí se abrigue a matéria necessária e desde que o leitor esteja apto e disposto a percebê-lo. Então fará sentido contrapor, à resposta oferecida pela crônica, a sábia reflexão de Alfredo Bosi:

> Projetando na consciência do leitor imagens do mundo e do homem muito mais vivas e reais do que as forjadas pelas ideologias, o poema acende o desejo de uma outra existência, mais livre e mais bela. E aproximando-se o sujeito do objeto, e o sujeito de si mesmo, o poema exerce a alta função de suprir o intervalo que isola os seres.

Utopia? Se a perseguição exclusiva de fins não-utópicos resulta no que aí temos, no mundo em redor, este mundo cujo horizonte supremo é "operar com êxito nas empresas", não há que hesitar: a utopia será, mais do que nunca, necessária. Ao fim e ao cabo, como diria o nunca assaz lembrado Simão Bacamarte, o leitor pode concluir, parafraseando Drummond (1902-1987), que "o poeta é um insubmisso e o mais são nuvens", como pode também, já agora com o conforto da solução prática bem à mão, decidir se vale ou não a pena seguir indagando para que serve a poesia.

[5] T.S. Eliot, *The use of poetry and the use of criticism*, London, Faber and Faber, 1950, p. 141.

Índice de nomes

O Autor

Carlos Felipe Moisés nasceu na cidade de São Paulo, SP, em 1942. É mestre, doutor e livre-docente em Letras Clássicas e Vernáculas, pela Universidade de São Paulo, onde lecionou, bem como em outras instituições de ensino, no Brasil e no exterior. É poeta, crítico literário, tradutor e autor de livros infanto-juvenis, com várias obras publicadas e larga colaboração na imprensa.

Obras

Poesia

A poliflauta. São Paulo: Massao Ohno, 1960.

O signo e a aparição. São Paulo: Massao Ohno, 1961. (Plaquete-poema incorporado ao livro *A tarde e o tempo*, a partir da reedição em *Lição de casa*.)

A tarde e o tempo. Florianópolis: Edições Roteiro, 1964. (Prêmio-estímulo Governador do Estado de São Paulo, 1963.)

Carta de marear. São Paulo: edição do autor, 1966. (Prêmio Governador do Estado de São Paulo, 1966.)

Poemas reunidos. São Paulo: Cultrix, 1974. (Inclui os livros anteriores mais *Urna diurna*. Prêmio da Associação Paulista dos Críticos de Arte, APCA, 1974.)

Círculo imperfeito. Salvador: Fundação Cultural do Estado da Bahia, 1978. (Prêmio Gregório de Mattos e Guerra, 1978.)

Subsolo. São Paulo: Massao Ohno, 1989. (Prêmio da Associação Paulista dos Críticos de Arte, APCA, 1989.)

Lição de casa & poemas anteriores. São Paulo: Nankin Editorial, 1998. (Reúne os livros anteriores mais *Lição de casa.)*

Crítica literária

A multiplicação do real. São Paulo: Conselho Estadual de Cultura, 1970.

Poesia e realidade. São Paulo: Cultrix/Secretaria da Cultura, 1977.

O poema e as máscaras: microestrutura e macroestrutura na poesia de Fernando Pessoa. Coimbra: Almedina, 1981.

O poema e as máscaras: introdução à poesia de Fernando Pessoa. 2. ed. Revisada e ampliada. Florianópolis: Letras Contemporâneas, 1999.

Poética da rebeldia: a trajetória militante de José Gomes Ferreira. Lisboa: Moraes Editores, 1983.

Literatura, para quê? Florianópolis: Letras Contemporâneas, 1996.

Mensagem de Fernando Pessoa: roteiro de leitura. São Paulo: Ática, 1996.

Poesia não é difícil: introdução à análise de texto poético. Porto Alegre: Artes & Ofícios, 1996.

Poemas de Álvaro de Campos: roteiro de leitura. São Paulo: Ática, 1998.

O desconcerto do mundo: do renascimento ao surrealismo. São Paulo: Escrituras, 2001.

Fernando Pessoa: almoxarifado de mitos. São Paulo: Escrituras, 2005.

Literatura infanto-juvenil

O livro da fortuna. São Paulo: FTD, 1992.

Pafúncio Futebol Clube: aventuras de um elefantinho esperto & seus dois amigos. São Paulo: FTD , 1993.

A deusa da minha rua. São Paulo: Saraiva, 1996.

Poeta aprendiz. São Paulo: Bibla/Lazuli, 1997.

Conversa com Fernando Pessoa. São Paulo: Ática, 2006.

Traduções

Retórica geral [Rhétorique Générale]. J. Dubois et al. Grupo Ì. São Paulo: Cultrix/Edusp, 1974.

Lingüística e poética [Linguistique et poétique], Daniel Delas e Jacques Filliolet São Paulo: Cultrix/Edusp, 1975.

Retórica da poesia [Rhétorique de la poésie]. J. Dubois et al. Grupo Ì. São Paulo, Cultrix/Edusp, 1980.

Que é a literatura? [Qu'est-ce que la littérature?]. Jean-Paul Sartre São Paulo: Ática, 1989.

Tudo o que é sólido desmancha no ar [All that's solid melts into air]. Marshall Berman, São Paulo: Companhia das Letras, 1986.

O poder do mito [The power of myth]. Joseph Campbell e Bill Moyers São Paulo: Palas Athena, 1990.

Palácio do pavão [Palace of the Peacock]. Harris, W. São Paulo: Globo, 1990.

A longa jornada de Oudin [The far journey of Oudin]. Wilson Harris São Paulo: Globo, 1991.

A última palavra [The last word]. Thomas Nagel São Paulo: Editora da Unesp, 2001.

"Retratos de pintores e músicos" [Portraits de peintres et de musiciens]. In: Os prazeres e os dias [Le plaisir et les jours]. Marcel Proust São Paulo: Códex, 2004.

Alta traição [coletânea de poemas, vários autores]. São Paulo: Unimarco, 2005.

Impresso em São Paulo, SP, em março de 2007,
com miolo em Offset 75 g/m^2,
nas oficinas da Bartira.

Não encontrando esta publicação nas livrarias,
solicite-a diretamente à editora.

Escrituras Editora e Distribuidora de Livros Ltda.
Rua Maestro Callia, 123
04012-100 – Vila Mariana – São Paulo, SP
Tel.: (11) 5082-4190
escrituras@escrituras.com.br (Administrativo)
vendas@escrituras.com.br (Vendas)
imprensa@escrituras.com.br (Imprensa)
http://www.escrituras.com.br